불사조의
함성

불사조의 함성

펴 낸 날   2023년 07월 27일

지 은 이   송재용
펴 낸 이   이기성
편집팀장   이윤숙
기획편집   서해주, 윤가영, 이지희
표지디자인 서해주
책임마케팅 강보현, 김성욱
펴 낸 곳   도서출판 생각나눔
출판등록   제 2018-000288호
주   소   경기도 고양시 덕양구 청초로 66, 덕은리버워크 B동 1708호, 1709호
전   화   02-325-5100
팩   스   02-325-5101
홈페이지   www. 생각나눔.kr
이 메 일   bookmain@think-book.com

• 책값은 표지 뒷면에 표기되어 있습니다.
  ISBN 979-11-7048-585-8 (03810)

송재용 장편소설

불사조의
함성

오! 멋져! 인정 많은 강철맨의 치열한 생존 드라마!
노사화합으로 이룬 눈물겨운 혁신 성공 스토리!

생각나눔

목 차

울며
겨자 먹기

점심시간이 끝날 무렵 책상 위에 놓인 전화벨이 요란스럽게 울렸다. 오인강은 한 손으로 송화기를 집어 들고 귀에 갖다 댔다.

"영업담당 오인강입니다."

"오 이사님, 사장님이 급히 찾으십니다."

수화기를 타고 성하물산 사장실 여자 비서의 목소리가 울려왔다.

오인강은 점심시간도 끝나기 전에 사장이 급히 호출하는 게 이상해 고개를 갸웃거렸다. 사장실로 달려간 오인강은 먼저 사장의 눈치를 살폈다. 사장은 뭐가 못마땅한지 벌레 씹은 얼굴로 오인강을 바라보았다. 오인강은 조심스럽게 사장 맞은편 소파에 앉았다. 사장은 앉은 자세를 고치더니 오인강에게 미리 인사 발령을 귀띔해 주었다.

"조금 전에 그룹 비서실장이 오 이사를 상무로 승진시켜 직물 공장장으로 발령내라고 지시합디다."

"사장님, 그게 무슨 말씀…."

오인강은 뜻밖의 소식에 말을 잇지 못했다.

인사철도 아닌데 승진은 뭐며, 성하직물 공장장으로 전보 발령은 뭔가? 오 이사는 아닌 밤중에 홍두깨 내밀 듯 전격적으로 이루어진 인사에 어리둥절했다. 아무리 승진을 시켜줬다고 하지만 본인의 의사는 전혀 들어보지 않고 공 차듯 지방 공장에 가서 근무하라니 불쾌하다 못해 은근히 부아가 치밀었다.

"사장님, 전 영업담당 이사가 좋으니 인사 발령을 보류해 주십시오."

"이런 말을 하면 오 상무가 믿을지 모르겠지만, 이번 인사에 대해서 나는 전혀 관여한 바가 없소. 조금 전에 비서실에서 연락을 받고 알았을 뿐이오."

사장이 인사 발령 책임을 비서실에 미루자 오인강은 빨리 보따리를 싸라는 뜻으로 받아들이고 노골적으로 불만을 터뜨렸다.

"저는 일방적인 인사에 승복할 수 없습니다. 이번 인사는 저를 나무 위에 올려놓고 흔들어서 떨어뜨리겠다는 뜻으로 받아들일 수밖에 없습니다."

"글쎄, 오 이사를 왜 직물공장으로 보내는지 모르겠네?"

사장은 강 건너 불구경하듯이 동문서답을 했다. 오인강은 곤혹스러워 한숨을 푹 내쉬었다.

당신은 사장까지 지냈으니까 쫓겨나도 아쉬울 게 없지만, 나는 한창 일할 나이인데 사지로 몰아넣으면 어쩌란 말이오? 역지사지(易地思之)라고 처지를 바꿔 놓고 생각해 보시오.

아무리 유능한 임원도 직물공장에 가면 길어야 2년 근무하고 회사를 떠나는 게 정해진 순서였다. 그것도 불명예 퇴진이 대부분이었다.

강성 노조 때문에 매년 조업을 중단하는 게 다반사고, 생산시설이 낡아서 공장 가동률이 형편없었다. 생산현장뿐 아니라 관리직 사원들의 사기가 땅에 떨어질 대로 떨어져 공장 분위기가 극도로 침체하였다. 설상가상(雪上加霜)으로 간부나 담당자가 협력업체와 짜고 불량투성이 자재를 납품해도 적당히 눈감아 주는 관행이 만연했다.

수개월 전부터 국내 최대 재벌인 성하그룹에도 경영에 적신호가 켜졌다. 주력 기업 몇 개를 제외하고는 대부분의 계열사가 경영부실로 적자에 허덕이었다. 더구나 성하물산의 직물공장은 구제 불능 상태에 빠져 그룹의 애물단지로 전락하였다. 그 와중(渦中)에 성하그룹 회장은 비서실장에게 특단의 대책을 세워서라도 직물공장을 살리라고 엄명을 내렸다.

회장의 지시를 받은 정대천 비서실장은 먼저 공장장 선임에 들어갔다. 비서실장은 적격자를 찾으려고 그룹 인력관리 담당 이사와 머리를 맞대고 숙의를 거듭했다.

성하물산 이사급 임원 중 다섯 명을 놓고 최종 선정 작업을 벌인 결과, 한 임원이 낙점됐다. 그는 나이가 많아 1, 2년 안에 상무로 승진하지 못하면 옷을 벗고 회사를 떠나야 할 처지에 놓인 고참 이사였다. 그는 바로 성하물산의 영업담당 이사 오인강이었다.

회장은 섬유산업이 사양 산업이라고 하지만 친환경 첨단 소재로 신제품을 개발해서 해외시장만 잘 개척하면 결코 성장 가능성이 없지 않다고 믿었다. 사장들이 직물공장을 폐쇄하고 그 자리에 쇼핑센터나 고급 아파트를 짓자고 건의할 때마다 회장은 조강지처를 병들었다고 내쫓아서는 안 된다고 호통치곤 했다. 그뿐만 아니라 나라가 부강하고 국민소득을 계속 끌어올리려면 국제경쟁력을 갖춘 제조업을 육성해 나가야 한다고 줄기차게 주장했다. 아니 그게 회장의 경영 철학이었고, 변함없는 소신이었다.

한 달 전, 한 임원이 공장장으로 발령을 받고 부임한 지 얼마 되지 않아 공장을 폐쇄해야 한다는 건의서를 회장실에 올렸다가 그만 옷을 벗고 말았다. 회장은 어떻게 하든 공장을 살릴 방안을 찾지 않고 부정적이고 안일한 사고를 한다고 노발대발하면서 비서실장에게 그 임원을 당장 해임하라고 지시했다.

"오 상무, 이번 인사의 자초지종을 알고 싶으면 직접 그룹 비서실장을 만나 보시오."

사장은 오인강의 벌겋게 달아오른 얼굴을 물끄러미 바라보다가 송수화기를 들었다. 퉁명스러운 목소리로 그룹 비서실장한테 전화를 연결하라고 여비서에게 지시했다. 사장이 비서실장과 통화를 끝내자마자 오 상무는 사장실에서 나와 비서실로 달려갔다.

비서실장은 오 상무가 방에 들어서자 손을 내밀며 반갑게 맞이하였다.

"어서 오시오! 오 상무, 인사 발령을 내기 전에 본인의 의사를 물어봐야 하는데 일방통행을 해서 미안하게 됐소."

비서실장은 의례적이나마 오 상무에게 양해를 구했다. 오 상무의 속마음을 간파했는지 비서실장은 그를 성하물산 직물공장 공장장으로 발탁한 배경을 듣기 좋게 설명해 주었다.

"비서실에서 공장장 후보로 세 사람을 추천했더니 회장님은 오 상무를 낙점하셨소. 오 상무가 회장님 마음에 쏙 든 모양이오. 다시 말하면 세 사람 중에서 오 상무의 능력을 가장 높게 평가하신 거죠."

"…."

오 상무는 비서실장의 칭찬이 그저 미안해서 내뱉는 말처럼 들렸다. 비서실장은 오인강의 불만을 잠재우려고 점잖게 다독거렸다.

"오 상무, 지방에 가서 당분간 고생 좀 해 줘야겠소."

"지방에서 근무하는 거야 어렵지 않습니다만…."

오 상무가 말끝을 흐리자 비서실장은 웃으면서 말을 이었다.

"현재 자리에서 탈 없이 일 잘하는데 왜 그따위 골치 아픈 공장을 맡기느냐 이거 아니오?"

"맞습니다."

"직물공장을 정상궤도에 올려놓으면 오 상무는 앞으로 탄탄대로를 걷게 될 테니 두고 봐요. 오 상무에게는 절호의 기회가 주어진 셈이오."

절호의 기회라니…. 기가 막혀서….

오 상무의 입 안에서 '새로운 기회가 주어진 자리를 기꺼이 양보할 테니 다른 사람을 보내시지요.'라는 말이 뱅글뱅글 돌았다.

하지만 성하 그룹의 2인자나 다름없는 비서실장의 심기를 건드렸다가 어떤 불이익을 당할지 몰라 에둘러 거절 의사를 표명하였다.

"실장님, 전 그런 공장을 맡을 능력이 없습니다. 다른 임원을 보내 주십시오."

"오 상무, 지나친 겸손은 비례라는 말을 들어봤죠? 왜 오 상무가 능력이 없습니까? 오 상무는 현장관리에 탁월한 능력의 소유자 아니오? 팀장 때 화섬 공장에 근무하면서 꼬인 노사 분쟁을 속 시원히 해결해 회장님 표창도 받았잖소?"

비서실장은 오 상무를 설득시키기 위해서 과거 공적을 들먹거리며 칭찬을 아끼지 않았다. 하지만 오 상무는 그런 칭찬에 호락호락 넘어갈 정도로 귀가 얇고 소신 없는 사람이 아니었다.

"실장님, 제 능력을 높이 평가해 주셔서 고맙습니다. 저는 이사로 퇴임해도 좋으니 다른 사람을 발령내 주십시오."

비서실장은 오 상무가 인사에 끝내 승복하지 않자 장래에 대한 보장책까지 제시했다.

"오 상무가 직물공장을 정상궤도에 올려놓으면 아예 별도 법인으로 독립시킬 테니 기대해 보시오."

"공장을 정상궤도에 올려놓지 못하면 반대로 책임을 지고 물러나라는 말씀이군요."

"오 상무! 이번 인사에 대해서 너무 부담스럽게 받아들일 필요 없어요. 기업 경영을 하다 보면 최선을·다했는데도 결과가 안 좋게 나오기도 하니까 지레 겁먹을 필요 없소."

"실장님 말씀은 공장을 정상적인 궤도에 올려놓지 못해도 책임을 묻지 않겠다는 뜻으로 받아들여도 되겠습니까?"

"꼭 그런 뜻은 아니지만, 지성(至誠)이면 감천(感天)이라고 열과 성의를 다하면 못 이룰 것이 없습니다."

"초짜 중 앞에서 불경을 설파하시는 선승(禪僧)처럼 말씀하시는군요."

"다시 말하지만 오 상무가 일하는 데 내가 적극적으로 지원해 줄 테니 능력을 마음껏 발휘해 보시오."

비서실장은 달착지근한 당근을 연신 내밀면서 오 상무를 설득했다. 오 상무는 못 이기는 체하고 슬그머니 고집을 꺾었다. 오 상무는 문자를 써가며 비서실장의 비위를 맞추었다.

"실장님의 말씀만 믿고 직물공장을 살리는 데 견마지로(犬馬之勞)를 다하겠습니다."

"오 상무, 회장님의 뜻을 살려 직물공장을 확 바꾸어 놓으십시오."

비서실장은 오 상무의 손을 굳게 잡고는 밝은 표정을 지었다.

오 상무는 집에 돌아와 그의 부인에게 상무로 승진해 지방 공장 책임자로 가게 되었다는 사실을 알려 줬다. 그의 부인은 승진은 좋아하면서도 근무지가 지방이라니까 탐탁하지 않게 여겼다.

"다른 사람들은 승진하여도 지방에 가지 않고 본사에서 근무하던데 회사에서 당신을 고생시키려고 작정한 모양이네요."

"공장이 문제투성이라서 골치 아픈 일이 많을 것 같소."

"그럼 주말마다 집에 오기는 틀렸네요?"

"몇 달 동안 기숙사에서 상주하면서 공장을 정상궤도에 올려놓으면 집에 자주 오겠소."

"월급쟁이 노릇을 하기가 갈수록 힘들어지네요."

아내가 걱정 반 불만 반을 토로하자 오인강은 차분한 목소리로 아내를 다독거렸다.

"요사이 명예퇴직 바람이 불어 닥쳐 회사에서 쫓겨나는 월급쟁이들이 부지기수인데 천만다행으로 여기고 고생되더라도 참읍시다."

"나야 고생될 게 없겠지만, 나이 들어 객지 생활하려면 당신이 불편하겠지요."

오 상무는 걱정하지 말라고 아내의 손을 잡아 주었다. 그의 부인은 쑥스러운지 손을 슬그머니 빼고는 입을 열었다.

"일에만 매달리지 말고 건강 잘 챙기면서 오래오래 회사 다니라고요."

"흠, 집에 삼식이를 키우고 싶지 않다는 말이구먼?"

"앞으로는 100살까지 산다는데 조기 퇴직하면 경제적으로도 좋을 거 없잖아요?"

"당신 말이 맞소!"

오인강의 부인 친구 중에는 회사가 부도나는 바람에 남편이 실직자가 된 뒤 취직이 되지 않아 퇴직금을 축내면서 불안한 나날을 보내는 중이었다. 또 다른 친구는 알량한 퇴직금으로 사업을 벌였다가 폭삭 망하는 바람에 힘겹게 장만한 아파트를 팔아 빚을 갚고 월세방에서 살았다.

그뿐만 아니라 남자가 일자리가 없어 오랫동안 놀자 50이 넘은 여자가 백화점에 나가 아르바이트로 돈을 벌어서 생계를 꾸려가기도 했다.

오 상무는 공장에 오자마자 부장들과 함께 공장 구석구석을 돌아보았다. 생산현장뿐 아니라 자재 창고, 식당, 기숙사, 화장실까지 모두 살펴보았다. 공장을 샅샅이 돌아보고 느낀 소감은 한마디로 요약하면 개판이라는 말이 가장 잘 어울릴 듯했다.

공장은 지저분하기가 짝이 없고, 지은 지 오래돼서 그런지 공장

안이 침침하고 소음 진동이 심하고 기계에서 기름이 새기까지 했다.

그뿐만 아니라 자재 창고에 원부자재를 아무렇게나 쌓아 놓아 어수선하기 짝이 없었다. 완제품 창고 역시 정리정돈이 안 되어 재고를 파악하는 데 애를 먹었다.

오 상무는 공장을 돌아보고 간부나 사원들의 정신상태가 엉망진창으로 썩었음을 간파하였다.

부장들은 공장장 눈치 보기 바빴고, 과장들은 부장과 사원들 가운데 끼어 시달림을 당해서 얼굴이 모두 피로에 젖은 채 무기력한 상태였다. 사원들은 위에서 시키는 일이나 처리하면서 월급날만 목 빠지게 기다렸다.

더욱 가관인 것은 현장 생산직 사원들은 관리자들을 우습게 보았다. 업무 지시를 해도 콧방귀나 뀌고 뒤돌아서서, ×× 놈들! 제 놈들이 하면 어디 손발이 부르트나? 하고 욕설을 내뱉으면서 깔아뭉갰다.

오 상무는 노조 위원장과 면담을 하는 자리에서 공장을 흑자로 바꾸기 위해서 어떤 대책을 세우면 좋으냐고 물었다.

노조 위원장은 첫마디로 공장 간부들을 대폭 갈아치우라고 주문했다. 그들은 문제가 생기면 부하들에게 책임 전가하는 데 이골이 났고, 구태의연한 사고방식과 무사 안일이 몸에 밴 변화를 싫어한다고 비난했다.

공장이 망하든 말든 그들은 사리사욕에 눈이 어두워 부정과 비리 저지르기를 밥 먹듯 한다고 폭로했다. 심지어 납품업체로부터 업무 편의를 봐주며 촌지를 받아먹기 일쑤였고, 일부 간부는 협력 업체와 밀착해 치부까지 하는 실정이라고 맹렬히 비난했다.

오 상무는 공장 업무 인계인수를 하면서 불량 판정을 받아 창고에 방치된 수천 야드의 직물 재고를 적발했다. 얼추 계산해 봐도 50억 원이 넘는 악성 재고였다.

오 상무는 이런 악성 재고를 공장에 처박아 둔 이유가 몹시 궁금했다.

전임 공장장들이 폭탄 돌리기를 한 모양이구먼. 맞아! 새로 취임할 때 얼렁뚱땅 인수했다가 나중에 까발리면 자신도 문책받고 회사가 벌집 쑤셔 놓은 것처럼 난리가 날까 두려워 그대로 덮어둔 거야.

오 상무는 책임을 추궁하기 전에 악성 불량제품이 나오게 된 원인을 찾는 데 집중했다. 원인을 찾지 못하면 책임 추궁도 불가능하고 해결방법도 나오지 않기 때문이었다.

오 상무는 사원들의 품질관리 의식 결여로 발생했는지, 아니면 품질관리 체계가 미흡해서 일어났는지, 그것도 아니면 노후 생산시설의 결함 때문인지 조사했으나 이것이다, 하고 손에 잡히는 게 없었다.

오 상무는 답답한 마음에 관리부장, 생산부장, 자재부장, 품질 관리부장들을 불러놓고 대량의 악성 재고 발생 원인을 단시일 내에 찾아내라고 지시했다.

3일 뒤 부장들이 작성해 온 보고서를 읽어보고 오 상무는 화를 버럭 냈다.

"아니, 이걸 보고서라고 작성했습니까?"

부장들이 작성한 보고서는 약속이나 한 듯이 불량품이 양산된 모든 책임을 타 부서에 전가하는 내용 일색이었다.

이런 싹수없는 자식들 좀 봐. 모두 빠져나갈 궁리만 하잖아. 이런 무책임한 놈들이 부장 자리를 꿰차고 앉았으니 정상적인 품질의 제품이 생산되면 그게 이상하지.

생산부는 자재부에서 엉터리 자재를 들여와서 불량품이 양산되었고, 자재부는 품질관리부에서 수입검사를 처삼촌 묘 벌초하듯이 설렁설렁하는 바람에 불량자재를 못 걸러냈고, 품질관리부는 생산 팀에서 작업을 개판으로 해서 불량 직물이 양산되었다고 책임을 떠밀었다.

오 상무는 보고서를 책상 위에 내던지고는 성동격서 작전이라는 말이 생각나 엉뚱하게도 관리부장을 족치었다.

"관리부장에게 묻겠소. 50억 원이나 되는 불량재고를 언제까지 처박아 놓을 작정입니까?"

"불량제품이 그렇게나 많은가요?"

관리부장은 어이없게도 거꾸로 되물었다. 오 상무는 기가 막혔다. 공장 살림을 총괄하는 관리부장이 불량재고 현황을 파악하지 못한 현실을 어떻게 받아들여야 할지 난감하다 못해 황당했다. 오 상무는 얼굴을 붉히고 관리부장을 추궁하였다.

"관리부장이 악성 재고의 유무를 파악조차 못 하다니, 그게 말이 되오?"

"제가 공장에 온 지 6개월이 채 안 돼 공장 돌아가는 내막을 완전히 파악하지 못했습니다. 제품 재고 관리는 제 업무 소관도 아니고요."

관리부장은 노골적으로 책임 회피성 발언으로 보호막을 치려고 안간힘을 썼다. 오 상무는 집요하게 물고 늘어졌다.

"6개월이 지났는데도 그처럼 중요한 문제를 몰랐다는 건 그만큼 회사에 관심이 없다는 증거 아닙니까?"

서슬 퍼런 오 상무의 추궁에 관리부장은 요리조리 빠져나가려고 변명만 늘어놓다가 사태가 심상치 않게 돌아가자 은근슬쩍 사과하였다.

"노사 문제며, 자금 문제며 골치 아픈 일에 매달리다 보니 그런

데까지 관심을 두지 못했습니다. 상무님, 죄송합니다."

"이건 사과만 한다고 해결될 일이 아니오. 50억 원이면 연간 금리 5%만 적용해도 이자가 2억 5천만 원이고, 3년만 지나면 7억 5천만 원인데 그 돈은 일부 노후 설비를 첨단설비로 바꾸고도 남는 금액 아니오?"

"불똥이 자기 앞으로 튀어올까 봐 전임 공장장을 비롯한 부서장들이 서로 모른 체했던 결과가 아닌가 합니다."

관리부장은 오 상무가 험악하게 몰아붙이자 상상과 추측을 동원해 책임에서 벗어나려고 안간힘을 썼다.

'능구렁이 같은 놈! 관리부장 농간에 웬만한 공장장은 허수아비 노릇을 했겠구먼. 우선 관리부장 사고방식부터 뜯어고쳐야겠구먼. 하기는 다른 부장 놈들도 오십보백보야. 썩어빠진 자식들. 이런 자세로 일했으니 사원들의 불만이 팽배하고, 노사분규가 끊임없이 발생한 거야.'

오 상무는 부장들을 몽땅 갈아치우고 싶은 마음이 굴뚝 같았다. 하지만 그들의 태도를 당분간 주시한 후 조치하기로 했다. 중간 관리자들의 무사안일, 책임회피, 위기의식 결여 등 조직원의 정신상태가 썩은 건 사장이나 전임 공장장의 책임도 크다고 판단됐기 때문이었다.

또 인사란 감정을 앞세워 졸속으로 처리하면 부작용이 발생하기 쉽고 조직원들의 사기에 악영향을 미칠 게 빤해 부장들의 근무 태도를 지켜본 뒤 단행하기로 했다.

그러던 어느 날 관리부장이 살그머니 오 상무를 찾아왔다. 관리부장은 머뭇거리다가 뜻밖의 말을 했다.

"상무님, 악성 직물 재고가 발생한 이유를 솔직하게 털어놓는 게 좋을 듯해서 찾아뵈었습니다."

"그래요?"

오 상무는 진지한 태도로 관리부장의 말에 귀 기울였다. 관리부장은 침을 꿀꺽 삼키더니 공장에 만연한 비리를 까발리기 시작했다.

"협력업체에서 불량자재를 납품해도 담당자들이나 관리자들이 적당히 눈감아 주어 불량품이 많이 발생한 겁니다."

"그렇게 눈감아 주는 이유가 뭡니까?"

"협력업체에서 매달 고정으로 해당 부서나 과에 일정 금액을 갖다 바친다는 소문이 파다합니다."

"내 추측이 맞았구먼!"

"상무님, 이 기회에 이런 썩은 관행을 뿌리 뽑아야 합니다."

"돈을 받는 놈들도 나쁘지만 주는 작자들도 벌을 받아야 하오."

오 상무는 목청을 높이고는 녹차 잔을 들어 후루룩 마셨다.

관리부장은 이번에는 공장 간부와 회장과의 연결고리를 폭로하였다.

"상무님, 그리고 자재부장이 회장님 처가 쪽 사람인 거 아시지요?"

"나는 처음 듣는 이야기요."

"그뿐 아닙니다. 과장급 중에도 회장 친인척들이 제법 많습니다."

"나는 오너 친척들 조금도 무서워하지 않습니다."

"상무님, 회장실에 핫라인을 가진 친구들이 많아 공장에서 일어난 일이 수시로 회장님 귀에 들어가니까 조심하십시오."

"나는 오직 일로 승부를 보기 때문에 윗사람 눈치는 전혀 안 봅니다."

"하여튼, 그 친구들 입방에 올라가서 좋을 건 없습니다."

관리부장이 공장에서 일어나는 비리며 회장 인맥을 왜 털어놓지? 앞으로 혁신 활동에 앞장서겠다는 의사 표시인가? 아니면 위기의식을 느껴 미리 선수를 치는 걸까?

오 상무는 공장장 숙소에 기거하지 않고, 주로 공장 기숙사에 머물면서 틈나는 대로 생산현장을 살펴보았다. 때때로 사원들의 축 처진 어깨를 두들겨 주기도 하고, 그들의 애로나 건의 사항을 듣는 데 많은 시간을 보냈다. 그러자 사원들의 태도가 조금씩 달라지는 징후가 나타났다.

그러던 어느 날 오 상무는 기숙사 방에서 텔레비전을 보다가 목이 컬컬해 매점을 찾아갔다. 마침 노조 부위원장인 박민정이 음료수를 마시고 있었다.

오 상무가 맥주 캔을 들고 박민정 뒤쪽에 가 앉았다. 박민정은 하던 말을 뚝 멈추고는 슬그머니 자리에서 일어났다. 오 상무는 박민정에게 잠시 앉아보라고 말했다. 박민정은 머뭇거리다가 오 상무 맞은편 의자에 엉거주춤하게 앉았다. 오 상무는 자리에서 일어나 캔 맥주와 훈제오징어 한 마리를 더 사와 그녀 앞에 놓았다.

"박민정 씨, 맥주 마실 줄 알지요?"

"…."

그녀는 오 상무의 표정을 살필 뿐 대답하지 않았다. 오 상무는 맥주 한 모금을 마시고는 나직하게 물었다.

"박민정 씨는 회사에 입사한 지 몇 년 됐지요?"

"7년 됐어요."

"그럼 여사원 중에서는 고참에 속하겠네요."

"저보다 오래 근무한 여사원도 많아요."

박민정이 질문에 솔직하게 답하자 오 상무는 평소 궁금했던 점을 계속 캐물었다.

"박민정 씨는 공장에서 일하는 게 힘들고 어렵지 않아요?"

"크게 힘든 건 없지만 신나는 일이 없어요."

"신나는 일이 없다는 말은 마지못해서 일한다는 이야기 아닌가요?"

"그렇다고 봐야죠."

"적극적으로 일하면 회사 생활이 재미나고 때때로 보람을 느낄 텐데 아쉽네요."

"저희 같은 공순이들이 열심히 일한다고 누가 알아주나요? 그렇다고 사무직으로 뽑히거나 아니면 간부로 승진하겠어요? 열심히 일 해봤자 몸만 축나고 고달프기만 하죠."

박민정은 냉소적인 발언을 서슴없이 내뱉었다. 오 상무는 박민정의 말을 목구멍이 포도청이라 마지못해 공장에서 일한다는 뜻으로 받아들였다.

회사에 아무런 기대도 하지 않고 기계처럼 일하는데 재미를 느낄 리가 없지. 적당히 일하면서 월급이나 많이 타는 게 최상의 목표일 테고.

그래, 미래의 꿈을 상실한 채 피동적으로 일하는 한 높은 생산성을 올리기도 어렵고, 우수한 품질의 제품을 생산할 리가 없지.

"박민정 씨, 입사해서 처음에는 열심히 일했을 텐데 지금은 왜 그런 마음가짐을 갖게 되었지요?"

"열심히 일하면 오히려 다른 사원들한테 손가락질을 받고 왕따 당하기 쉽습니다. 혼자 출세하려고 개××한다는 둥 회사 앞잡이니 하며 욕하고 괴롭혀 견디기 힘들어요."

'사원들이 고약한 중병에 걸렸구먼! 병을 고치려면 많은 시간과 노력이 필요하겠어. 무엇보다도 공장장이나 간부들이 공장운영 방침과 관리 방식을 바꾸지 않으면 그들의 병이 쉽게 고쳐지지 않겠어.'

"박민정 씨, 직물공장을 신나는 일터로 만들려고 근사한 선물을 마련 중이니 기대해 봐요."

"…."

오 상무는 힘주어 말했다. 하지만 박민정은 지나가는 말처럼 시큰둥하게 받아들였다. 지금까지 공장장마다 처음 와서는 으레 신나는 일터로 만들겠다고 공언했다. 하지만 시간이 지나면 용두사미로 끝나버리곤 했다.

오 상무는 박민정의 표정에서 사원들의 공장장에 대한 불신이 예상보다 심각하다는 걸 감지했다. 과거의 공장장과 비교하여 현격히 다른 점을 보여주지 않는 한 신뢰를 되찾기가 쉽지 않아 보였다.

오 상무는 답답한 마음에 급여와 복리후생제도에 대해서 꼬치꼬치 캐물었다.

"박민정 씨, 혹시 성하직물이 다른 회사에 비해서 월급이 적지는 않은가요?"

"크게 떨어지는 것 같지는 않아요."

"그럼 복리후생제도는 어떤가요?"

"이 근처 다른 회사와 비교하면 나쁘지는 않아요."

"솔직히 대답해줘서 고마워요."

"상무님, 그만 가보겠습니다."

민정은 따분한지 자리에서 일어나 고개를 까딱하고는 매점에서 사라졌다.

'급여나 복리후생제도에는 큰 불만이 없는데 왜 윗사람들을 신뢰하지 못할까? 그 이유는 공장장이니 간부 사원들이 믿지 못하게 행동했기 때문이겠지. 구체적으로 앞과 뒤가 안 맞는 행동을 했든지, 아니면 가식으로 대했던가? 그것도 아니면 관행이란 이름으로 시대에 뒤떨어진 제도만 고집하였겠지. 좋은 의견을 내도 아예 깔아뭉개는 게 다반사였고, 개선해 준다고 약속하고 나서 이 핑계 저 핑계 대면서 지키지 않았던 게 분명해.'

박민정이 매점에서 나간 뒤 오 상무는 맥주 캔을 하나 더 사서 혼자 홀짝홀짝 마시며 앞으로 해야 할 일을 수첩에 메모해 보았다. 개선하고 새로 도입해야 할 일이 너무 많았다. 그중에서 사원들에게 꿈을 심어주고 사기를 올려 주는 대책을 먼저 시행하기로 하였다.

며칠 뒤 간부회의 자리에서 오 상무는 관리부장 주관하에 부장들이 함께 논의하여 사원들 사기를 올리는 방안을 수립하라고 지시했다.

관리부장은 부서의 회식비 예산을 늘려 주고, 여름 휴가 때 사원들이 편하게 이용하도록 휴양소를 설치하자는 안을 제출하였다. 오 상무는 주로 먹고 놀자 판을 벌이자는 안이어서 못마땅했다.

"관리부장, 이 안도 좋기는 한데 개인의 성장발전에 도움이 되는 방안이 없겠소?"

"지금 당장은 특별한 방안이 떠오르지 않는데요?"

"찾아보면 왜 없겠소?"

"적자투성이 공장에서 이 정도만 배려해줘도 충분합니다."

"그러지 말고 사원들이 절실히 원하는 게 뭔지 찾아보시오."

오 상무는 부장들의 구닥다리 사고가 마음에 들지 않아 계속 새로운 안을 요구하였다. 관리부장은 반론을 제기했다가는 된통 욕을 먹을 게 빤해 꾹꾹 참았다.

하기야 평소에 사원들의 복지에 관심을 두지 않았으니 하늘에서 뚝 떨어지듯이 아이디어가 나올 리 없지. 개선은 문제의식에서 나오는 법인데 공장에 뭐가 문제인지 무관심한 상태에서 창의적인 아이디어가 나올 리가 없지.

"시간을 갖고 좀 더 고민해 봅시다."

"좋은 안을 내지 못해 죄송합니다."

오 상무가 결재를 보류하자 관리부장은 부어터진 얼굴을 하고 공장장 방에서 나갔다.

가난한
소녀의 꿈

계절의 힘에 밀려 겨울이 퇴각할 준비에 들어
간 2월 하순. 퇴근 무렵이 되자 함박눈이 펑펑 쏟아졌다.

오 상무는 기숙사 방에서 잠시 텔레비전을 보다가 환기를 하려고
창문을 열었다. 밖을 내다보니 박민정이 등나무 아래 벤치에서 눈
을 구경하는 중이었다.

오 상무는 두툼한 오리털 파카를 걸치고 기숙사 방에서 나왔다.
오 상무는 몸을 웅크린 채 박민정이 앉은 벤치로 다가갔다.

"박민정 씨, 눈송이가 참 탐스럽네요!"

"상무님, 안녕하세요?"

박민정이 자리에서 일어나 고개를 숙여 인사를 했다. 오 상무는 박민정에게 불쑥 물었다.

"얼마 전에 박민정 씨 앞에서 내가 했던 약속 기억해요?"

"무슨 약속이었죠?"

"현장 사원들에게 근사한 선물을 마련해 주겠다고 했잖아요?"

"아, 이제야 생각이 나네요."

박민정은 기억이 되살아나는지 고개를 끄덕이었다.

"박민정 씨, 그 선물을 준비했는데 무언지 한번 맞춰 볼래요?"

오 상무는 박민정의 관심을 불러일으키려고 수수께끼를 내듯 말했다.

"글쎄요."

박민정은 감이 잡히지 않는지 배시시 웃기만 했다. 오 상무는 한참 뜸을 들이다가 선물 보따리를 끌러놓았다.

"장기근속자가 야간 대학에 다니면 장학금을 지급할 계획이요."

"상무님, 그게 정말이세요?"

갑자기 박민정의 눈이 똥그래졌다. 박민정에게는 꿈에도 생각하지 못한 선물이었기 때문이었다.

"물론 탄력 근무제를 도입해 학교에 다니는데 동료들 눈치를 보지 않도록 배려해줄 겁니다."

"상무님, 회사의 복지 혜택 중에서 가장 기쁜 소식 중 하나입니다."

민정은 2년 전부터 야간대학교에 진학하려고 시간 나는 대로 틈틈이 공부해 왔다. 하지만 등록금 마련이 걱정이었다. 그런데 회사에서 대학에 다니도록 시간을 내주고 장학금을 주겠다니 놀라지 않을 수 없었다. 박민정은 오 상무가 꿈을 실현해주려고 나타난 구세주처럼 느껴졌다. 박민정은 오 상무의 발표가 즉흥적이고 인기성 발언이 아니길 진심으로 빌었다.

'아! 드디어 꿈에 그리던 대학교에 들어가는구나. 오 상무님, 정말 고맙습니다.'

"대학을 졸업하면 시험을 치러 사무직 사원으로 발탁할 예정입니다."

오 상무는 한발 더 나아가 향후 대학교 졸업자들의 처우 개선까지 약속했다. 박민정은 꿈에 부풀어 한술 더 떴다.

"그러면 현장 사원에게 사무실에서 펜대를 굴리며 근무할 기회가 주어지고, 죽기보다 더 싫은 '공순이' 소리를 듣지 않게 되네요?"

"음, 그런가요? 참, 그렇네요."

박민정의 속사포 같은 질문에 오 상무는 무슨 뜻인지 얼른 알아듣지 못해 말을 더듬었다.

'아! '공순이' 소리를 듣지 않고 월급쟁이 노릇을 할 기회가 오다니, 이보다 더 좋은 수는 없어! 살다 보니 쥐구멍에도 볕 들 날이 오는구나.'

다음날 대학교에 진학하면 현장 사원들한테 장학금을 지급하겠다는 소문이 공장에 파다하게 퍼졌다. 현장 사원들로부터 그 제도가 언제 시행되느냐고 생산 과장한테 문의가 쇄도했다. 생산 과장은 금시초문이라 생산부장에게 물어보았다. 생산부장도 들은 바가 없어 오 상무에게 물어볼 수밖에 없었다.

"상무님, 현장 애들이 야간 대학에 가면 장학금을 언제 얼마나 지급할 건지 알려달라고 하는데 도대체 무슨 이야긴지 모르겠습니다."

오 상무는 생산부장의 질문을 받고는 숨길 이유가 없어 자초지종을 솔직히 밝혔다.

"내가 어젯밤 노조 부위원장인 박민정과 이야기를 나누다가 장기 근속한 사원이 야간 대학에 다니면 장학금을 지급하겠다고 귀띔해 줬소."

"아니, 그런 제도를 시행하려면 먼저 부장들의 의견을 듣고 결정해도 늦지 않을 텐데 말단 사원한테 먼저 발설하시면 어떻게 합니까? 그런 식으로 일을 처리하시면 걔들이 부장들을 허수아비로 볼 게 아닙니까?"

생산부장은 얼굴을 붉히며 항의했다. 그러나 오 상무는 눈썹 하나 까딱하지 않고 차분한 목소리로 생산부장에게 물어보았다.

"생산부장, 내가 공장에 오자마자 제품 불량률이 왜 그렇게 높으냐고 물으니까 뭐라고 대답했습니까?"

"…?"

생산부장은 잘 기억이 나지 않는지 눈만 멀뚱거릴 뿐 대답하지 못했다. 오 상무는 목소리 볼륨을 높여 기억을 상기시켜 주었다.

"현장 사원들의 이직률이 높아서 품질관리가 제대로 안 돼 제품 불량률이 높다고 하지 않았소?"

"제가 그런 말을 했나요?"

생산부장은 어깃장을 놓듯이 되물었다. 오 상무는 면박을 주는 대신 질문 공세를 퍼부었다.

"그때 이직률을 낮출 방안을 세우라고 지시했는데 그것도 잊었나요?"

"그 지시는 잊지 않았습니다."

"그러면 불량률을 낮출 방안을 세우고 있소?"

"획기적인 아이디어가 없어 지금까지 보고 못 드렸습니다."

"생산부장, 변명치고는 궁색하네요!"

오 상무의 질타에 생산부장의 얼굴이 붉게 달아올랐다. 오 상무는 생산부장이 숨도 못 쉬게 따발총 쏘아대듯 몰아붙였다.

"생산직 사원들 사기를 올려 줄 방안을 찾아보라니까 부장들이 고작 먹고 즐기는 안을 내놓았잖소? 이래서는 안 되겠다 싶어 장학금 제도 신설을 결심한 거요. 그런데 뭐가 잘못됐단 말이오?"

오 상무의 설명을 듣고 생산부장은 강한 어조로 제동을 걸었다.

"회사가 지금도 적자투성인데 장학금을 지급하다니 말이 안 됩니다. 게다가 관리직 사원은 야간 대학을 다녀도 장학금을 안 주는데 생산직 사원들만 주면 형평성에 어긋납니다. 그렇지 않아도 현장 사원을 상전처럼 떠받든다고 관리직 사원들의 불만이 이만저

만이 아닌데 재고해 주십시오."

"곤란할 것도 재고할 건더기도 없어요. 관리직 사원에게도 기준을 정해 장학금을 주면 되잖소?"

오 상무는 생산부장의 반대 논리를 한마디로 일축했다. 생산부장은 계속해서 오 상무의 방침이 잘못됐다고 노골적으로 비판했다.

"그런 식으로 지출을 늘리면 아무리 노력해도 공장 적자를 줄일 수 없습니다. 기존 복리후생비도 줄일 상황인데 상무님은 완전히 역주행하시는군요."

생산부장의 신랄한 비판에 오 상무는 냉정함을 잃지 않으려고 컵을 들어 물을 벌컥벌컥 마셨다.

오 상무는 생산부장을 쏘아보다가 '저런 돌대가리 같은 작자가 생산부장자리를 꿰차고 앉았으니 불량투성이 제품이 나오지.' 하고 욕을 퍼부으려다가 참았다. 오 상무는 이마에 내 천자를 그린 채 생산부장을 점잖게 타 일었다.

"생산부장, 기업을 경영하다 보면 당장 이익이 안 나도 긴 안목을 보고 투자할 때는 과감히 투자하는 법이요."

"상무님 아이디어는 아무리 생각해 봐도 문제가 많습니다. 저는 절대로 찬성할 수 없습니다."

오 상무는 생산현장 사원에게 장학금을 지급하려는 이유를 알아듣기 좋게 설명해 주었다.

"현장 사원들이 일을 열심히 하게 만들려면 회사에서 그들을 조직의 부품이 아닌 사람으로 떠받들어야 합니다. 개인적인 발전을 도와주는 데 관심을 보이고, 때때로 그들의 아픈 곳을 어루만져 주면서, 그들이 원하는 게 뭔지 미리 간파해 성의를 다해 해결해 주려고 노력하면 분명 그들은 회사의 방침을 열정적으로 따를 겁니다.

생산직 사원들이 회사의 방침을 냉소적으로 받아들이고, 공장장이나 간부들의 말을 잘 듣지 않는 건 그들을 단지 조직의 부품으로 대하기 때문이오. 자신이 조직의 부품이라고 인식하면, 부품 이상의 일을 하려는 마음을 절대 갖지 않습니다. 다른 부품이 돌아가니까 나도 같이 맞물려 돌아가면 내 할 일을 다 했다고 생각합니다. 그런데 자신이 부품이 아니고 중요한 회사의 일원이라고 믿으면 부품 이상의 일을 하려고 애씁니다. 그렇게 함으로써 회사에서 인정받고, 회사원의 긍지를 느끼니까요."

"…?"

"그리고 상품을 팔 때 소비자의 심리를 정확히 파악해 마케팅 전략을 수립하듯이 이젠 공장의 현장 사원들도 고객으로 대하여야 하는 시대가 왔소. 부장이니 과장이 직위의 힘으로 사원들을 다루려고 한다면 그건 시대착오적인 발상입니다. 이제는 조직원을 다루는 데 인간적인 향기가 곁들여져야만 기업이 활력을 찾고 성장발전이 가능합니다."

오 상무의 진지한 설득에도 고집불통인 생산부장은 현실을 모르는 이상론이라고 반박했다.

"상무님은 현장 애들의 행태를 모르고 하는 말씀입니다. 그 애들은 대우해 주면 해 줄수록 점점 더 많이 요구합니다. 그리고 대학을 나오면 분명 불평, 불만을 더 늘어놓고 현장에서 일하기 싫어할 뿐 아니라 사무직으로 취직하려고 회사를 떠날 게 빤합니다."

생산부장은 현장 사원들의 부정적인 측면만 부각하는데 열을 올렸다. 오 상무는 고정관념에 빠진 생산부장이 못마땅하여 면박을 주고 싶었지만 참고 또 참았다.

"공장에 다니면서 대학을 마친 현장 사원들이 다른 회사로 가는 이유는 간단합니다. 바로 그들의 수준에 맞는 일거리를 주지 않았기 때문이오. 실무 경험도 많고 실력을 갖춘 사람을 사무직으로 뽑아 쓰면 절대로 다른 회사로 가지 않소. 물고기도 제가 놀던 물을 좋아하듯이 사람도 본능적으로 낯선 곳으로 가기를 싫어한다는 얘기도 못 들었소? 생산직 사원들이 사무직으로 승진할 기회를 제도적으로 만들어 놓으면 이직할 리가 없습니다."

"사규에 생산직 사원으로 입사한 사람은 사무직으로 직종 변경이 절대 불가능합니다. 안타깝게도 상무님은 그걸 모르셨군요."

생산부장은 은근히 비웃는 투로 말했다. 오 상무는 기분 나쁜 눈길로 생산부장을 노려보다가 퉁명스럽게 내뱉었다.

"그따위 시대에 맞지 않는 규정을 지금까지 왜 고치지 않고 내버려 뒀습니까?"

"그 규정은 수십 년 동안 지켜온 하나의 철칙입니다. 그래서 개정은 불가능합니다."

"뭐요? 불가능해요? 허허허."

오 상무는 말 같지 않아 그만 헛웃음을 터뜨리고 말았다. 생산부장은 머쓱해져 입을 닫고 말았다.

"여보시오! 헌법도 필요하면 고치는 판에 하물며 사규 따위를 못 고치다니. 한마디로 당신 머리는 바위보다 더 굳었구먼. 그런 사고방식으로 신세대 사원들을 어떻게 다루어 나갈지 걱정이 태산 같소." 오 상무가 신랄하게 비꼬아 말하자 생산부장은 더는 할 말이 없는지 슬그머니 자리에서 일어났다.

다음날 오 상무는 부장들을 모아 놓고 공장의 적자를 줄이고, 불량률을 낮추는 등 혁신 활동을 효과적으로 추진하려면 가장 먼저 해야 일이 뭐냐고 물어보았다. 그들은 이구동성으로 노동조합을 해산하든지 유명무실하게 주물러 놔야 한다고 주장했다.

그 이유로 임금을 과도하게 올린 결과 제조원가에서 노무비가 차지하는 비율이 너무 높을 뿐 아니라, 그 후유증으로 생산부 반장이 과장보다 월급이 훨씬 많아 업무 지시를 내려도 콧방귀만 뀌는 실정이라고 성토했다. 더욱이 노조원 상당수는 혁신 활동을 노동력 착취 수단으로 곡해하고 방해한다며 모든 책임을 노조에 돌렸다.

이 사람들 자기 눈의 들보는 못 보고 남의 눈 티끌은 잘 보는구먼!

오 상무는 부장들의 주장이 구차한 변명처럼 들렸다. 오 상무는 오히려 부장들의 무관심과 소극적인 자세가 혁신 활동에 더 큰 걸림돌로 보았다.

"현장 사원들이 혁신 활동을 착취의 수단으로 곡해하게 만든 건 여러분들 아닙니까?"

"…?"

간부 사원들의 얼굴에 불쾌한 반응이 동시에 일렁이었다. 오 상무의 도발적인 질문에 부장들은 감히 입을 떼지 못했다.

"간부 사원들은 혁신 활동에 참여하지 않으면서 현장 사원들만 활동하라고 족치면 그들이 반발하는 건 당연한 이치 아니오? 돈을 못 버는 아비가 매일 술타령이나 하면서 자식보고 돈 벌어오라고 윽박지르면 자식이 아비 말을 고분고분 들을 것 같소? 천만에요! 말을 듣기는커녕 심하게 몰아붙이면 오히려 반항할 겁니다. 혁신 활동에서도 마찬가지입니다. 간부 사원들이 적극적으로 참여하지 않는데 사원들이 혁신 활동을 회피하는 건 당연합니다. 이 자리에서 간곡히 부탁하는데 앞으로 혁신 활동은 여러분이 앞장서 주시기 바랍니다."

간부 사원들은 오 상무의 진지한 부탁에도 꿀 먹은 벙어리처럼 서로 눈치만 살폈다. 다만 품질관리부에 근무하는 노 태무 주임은 오 상무의 부탁에 "네 알겠습니다." 하고 큰 소리로 대답하였다.

순간 간부 사원들의 시선이 일시에 노 주임에게 쏠렸다. 그들은 속으로 '미친놈! 돈키호테!'라고 야유를 퍼부었다.

노태무 주임은 열정적으로 혁신 활동을 추진하려다가 번번이 쓴 맛을 보곤 했다. 품질관리 부장조차도 노태무 주임이 새로운 계획서를 올리면 주어진 일이나 제대로 하라고 면박을 주곤 했다.
하지만 새로 부임한 공장장이 혁신 활동에 적극적이자 그는 자신의 꿈을 펼칠 기회가 왔다고 쾌재를 불렀다.

오 상무는 노조 간부들과 관리직 사원들과 대화를 나눈 결과, 현장 사원들과 간부와 사무직 사원들 사이에 쌓인 불신의 벽이 예상보다 훨씬 두껍다는 사실을 알아차렸다. 오 상무는 이런 불신의 벽을 허물고 공장 전사원이 한 덩어리가 되어 즐겁게 일하는 방안을 찾는 데 고심에 고심을 거듭하였다.

오 상무는 품질관리 한 부장과 실무자인 노태무 주임을 그의 방으로 불렀다.
"한 부장, 기존 분임조를 완전히 해체하고 나를 비롯해 간부 사원과 사무직 사원들 그리고 현장 사원들을 고루고루 섞어서 분임조를 다시 편성하시오. 분임조장은 모두 현장 사원에 맡기고, 서기는 반드시 간부 아니면 사무직 사원으로 임명하라고 지침을 주세요."

"…?"

품질관리부장은 오 상무의 지시를 받고 냉담한 반응을 보였다. 오 상무의 지시가 상식에 어긋나도 보통 어긋난 게 아니기 때문이었다. 오 상무는 분임조 활동에 대한 지식이 부족해서 그런 지시를 내린 게 아님을 재빨리 강조하였다.

"한 부장, 내 말이 이해가 안 가는 모양인데 분임조 활동이란 그 공장의 형편이나 특성에 따라 다양한 방법으로 운영하는 게 좋지 않겠소?"

"상무님 말씀도 일리가 없지는 않지만…."

품질관리부장은 직설적으로 반대 의견을 제기하려다가 오 상무의 심상치 않은 눈빛을 보고 말끝을 흐렸다. 오 상무는 그를 점잖게 타일렀다.

"고정관념에 사로잡히면 새로운 발상이 잘 안 나옵니다. 나중에 책임을 묻지 않을 테니 내가 하라는 대로 일단 편성하시오."

"노조나 간부들이 비협조적인 태도를 보일까 봐 걱정이 앞섭니다."

"그 문제는 내가 풀어나갈 테니 그리 알고 빨리 편성해 오시오."

오 상무는 품질관리부장을 날카로운 눈빛으로 쏘아보며 명령조로 다시 지시했다. 품질관리부장은 마지못해 고개를 숙인 다음 공장장 방에서 나왔다.

품질관리부 한상춘 부장은 사무실로 돌아오자마자 노태무 주임을 회의실로 불렀다. 한 부장은 자리에 앉자마자 노 주임을 반말로 추궁하였다.

"노 주임이 분임조 편성에 대한 아이디어를 오 상무한테 제공했지?"

이런 썩을 인간! 오늘 아침에 반 토막 난 쌀로 지은 밥을 처먹었나 찍찍 반말을 내뱉고 ××이야.

"부장님, 도대체 그게 무슨 말씀입니까?"

노 주임은 영문을 몰라 눈만 끔벅거렸다. 한 부장은 목울대에 힘을 주고 오 상무와 네놈이 한통속이 아니냐고 족치었다.

"노 주임이 오 상무를 자주 만나더니 들쑤셔 대서 그따위 엉터리 같은 지시를 내린 게 아니냔 말이야?"

"부장님, 오 상무가 저 같은 주임 따위가 바람 넣는다고 호락호락 넘어갈 분 같습니까?"

노 주임의 얼굴이 붉게 물들었다. 노 주임은 한 부장의 의혹에 찬 눈빛이 불쾌해서 견딜 수가 없었다. 한 부장은 숨도 못 쉬게 노 주임을 닦달하였다.

"그렇지 않으면 공장에 온 지 한 달도 안 된 사람이 어떻게 그런 해괴한 지시를 내린단 말이야?"

"부장님, 성하그룹 상무까지 올라온 분인데 너무 얕보는 거 아닙니까?"

"노 주임은 성하그룹 상무가 대단한 존재로 아는데 천만의 말씀입니다. 개 중에는 줄 잘 잡아서 상무로 승진한 사람도 부지기수라고."

"부장님, 줄을 잘 잡는 것도 능력 아닙니까?"

"그래서 노 주임은 든든한 백줄 잡으려고 오 상무 말이라면 꺼벅 죽는구먼?"

"성하물산에서 상무는커녕 이사도 못 해보고 퇴직하는 사람이 부지기수 아닙니까? 특히 직물공장에는 오 상무 말고 이사 한 분도 안 계시잖습니까?"

노태무가 느물대며 부장들을 에둘러 깎아내리자 한 부장은 입을 닫았다. 말을 함부로 했다가 되로 주고 말로 받은 꼴이 되고 말았다.

"부장님, 오 상무님이 이상적인 아이디어를 냈는데 왜 그리 못마땅하게 여기십니까? 그 이유가 뭔지 알고 싶네요."

노 주임은 정색을 하고 한 부장에게 반문하였다. 한 부장은 드디어 노 주임의 기를 죽이려고 위협적인 발언을 서슴없이 내뱉었다.

"노 주임, 앞으로는 사전보고 없이 오 상무를 만나면 생산부로 쫓아버릴 테니 그리 아시오. 알겠소?"

"부장님, 마음대로 하십시오."

노 주임은 기가 죽기는커녕 배짱을 튕기고는 문을 박차고 회의실에서 나왔다. 그는 화장실로 달려가 거울 앞에 서서 머리를 비춰 보았다. 요사이 머리카락이 더 빠졌는지 이마며 정수리가 번쩍번쩍 빛났다.

'성하직물에 입사할 때는 이마만 살짝 벗겨졌는데 10여 년 근무하다 보니 정수리까지 민둥산이 되었으니 이제는 구제 불능 상태가 됐구먼. 이건 한 부장한테 받은 스트레스 때문에 생긴 병이야.

아버지 할아버지, 어머니 외할아버지 선조 모두를 살펴보았어도 대머리라곤 절간에 가서 쇠갈비 찾기보다 더 힘들었는데 무슨 변고인지 모르겠네.

맞아! 혁신 활동을 활성화하려고 설쳐대다가 뜻대로 안 돼서 울화가 치밀어 생긴 병이야. 한 부장 저 인간 혁신 활동을 방해하다가 오 상무 눈 밖에 나면 곤욕을 치를 텐데 얼음물 마시고 정신 차려라!

한 부장 당신 내가 분임조 활동을 활성화하려고 부서장들한테 협조를 구해 달라고 사정할 때마다 '그런 문제는 실무자들끼리 논의해서 해결하시오.'라고 꽁무니를 빼더니 앞으로 고생 좀 하겠구먼. 자업자득이지. 아이고! 고소해라. 제대로 된 임자 만났다. 잘코사니!'

다음날 오후 2시.

노태무 주임은 오 상무 지시대로 분임조를 편성하여 부장에게 결재를 올렸다. 한 부장은 기안서를 훑어보고는 오 상무가 분임조에 편성돼 있자 노 주임에게 삭제하라고 지시했다. 노 주임은 펄쩍 뛰었다.

"오 상무는 분명히 분임조에 반드시 당신을 넣으라고 강조하였습니다."

"노 주임! 내가 지시하면 이유 없이 따르지 왜 그렇게 말이 많은가?"

한 부장은 화를 버럭 내고는 기안서를 볼펜으로 박박 그었다. 노 주임은 자리로 돌아가 컴퓨터 앞에 앉았다. 비 맞은 중처럼 중얼거 리며 서류를 수정해 출력을 다시 한 후 결재를 올렸다.

한 부장은 사인한 뒤 기안서를 들고 부리나케 결재를 받으러 오 상무에게 달려갔다. 오 상무는 생산현장에 갔는지 자리에 없었다.

한 부장은 분임조 편성 안을 올리면 오 상무가 무슨 지시를 내릴 지 몰라 불안했다. 하지만 한 부장은 당분간만 참기로 했다. 혁신 활 동이란 시간이 지나면 추진력이 떨어지고 흐지부지된 적이 한두 번 이 아니었다.

지금까지 숱하게 겪어봤지만, 대다수 공장장은 부임 초기에는 불 량품 제로 작전이니, 생산성 배가 운동이니, 초일류 공장 만들기, 등 나름대로 공장운영 방침을 내걸어 새로운 분위기를 조성하려고 의욕을 과시하곤 했다. 그러나 시간이 지나면 언제 그런 운동이 펼 쳐졌나 싶게 추진 동력을 잃었다. 그렇게 된 건 공장장이 줄기차게 혁신을 추진하지 않았고, 간부들이나 관리자들 역시 한통속이 되 어 혁신 활동을 깔아뭉갰기 때문이었다.

품질관리부 한상춘 부장은 오 상무가 없는 방에서 기다리기 멋 쩍어 관리부 사무실로 왔다. 한 부장은 관리부장 옆에 앉아 오 상 무가 돌아오길 기다렸다.

"관리부장님, 커피 한 잔 주십시오."

"원가를 절감하는 차원에서 물이나 마시지요."

"공장 분위기처럼 인심이 점점 사나워지네요."

한 부장은 씁쓰레하게 웃으며 빈정거렸다. 관리부장은 옆으로 바짝 다가오더니 한 부장 귀에 대고 소곤거렸다.

"한 부장한테만 털어놓는데, 오 상무가 조직개편 안을 올리라고 지시합디다."

"그래요? 조직개편 방향은 정해졌습니까?"

"현재 5부 14개 과를 4부 10과로 통폐합하랍니다."

"그러면 지금 근무하는 사람들은 어디로 보내고요?"

"나도 모르겠습니다."

한 부장의 안색이 노랗게 변했다. 부서가 통폐합되면 지지부진한 혁신 활동과 불량재고 문제로 제일 먼저 문책당할 가능성이 가장 큰 부서가 품질관리부이기 때문이었다.

"관리부장님, 부장들이 모여 조직개편 방향에 대한 의견을 모으자고요."

"한 부장, 오 상무 비위 잘못 건드리면 다쳐요."

관리부장이 경솔하게 행동하지 말라고 일침을 놓았다.

"그래도 앉아서 날벼락 맞는 것보다는 낫지 않겠습니까?"

"지금은 죽은 듯이 엎드려서 관망하는 게 상책이에요."

"그래도 그렇지. 날아온 돌이 박힌 돌을 뺀단 말입니까?"

"과거의 공장장들처럼 오 상무를 만만하게 보았다간 큰코다칩니다."

"잘릴 때 잘리더라도 우리의 의사를 밝히자고요."

"기업체에서 부장쯤 되면 언제라도 집에 가서 애 볼 마음의 준비를 하는 게 정신건강에 좋습니다."

"볼 애라도 있으면 걱정도 않겠습니다."

"아! 그럼 만들어요. 아직 한 부장은 40대라 힘이 펄펄 넘쳐날 텐데 뭐가 걱정입니까?"

그들이 농담을 섞어서 대화를 나누는데 오 상무가 씩씩거리며 사무실로 들어섰다.

한 부장은 대화를 얼른 멈추고 자리에서 일어나 오 상무를 따라갔다. 한 부장은 공장장 방에 들어서자 결재판을 오 상무에게 내밀며 발했다.

"상무님이 지시하신 분임조 편성 기안서입니다."

"어디 봅시다."

오 상무는 기안서를 잠시 읽어보더니 사인하지 않고 인터폰을 들었다. 오 상무는 관리부장을 급히 호출하였다. 달려온 관리부장에게 오 상무는 희한한 지시를 내렸다.

"지금 한상춘 부장이 편성해 온 분임조 숫자가 37개인데 이 숫자대로 장미꽃 화분을 사는 데 예산이 얼마나 드나 알아보시오."

"장미꽃 화분을 사다니요?"

오 상무의 뚱딴지같은 지시에 두 사람의 눈이 똥그래졌다. 도대체 무슨 말인지 이해를 할 수 없다는 표정이었다.

"분임조 재편성 기념으로 모든 분임조에 장미꽃 화분을 하나씩 선물하게 빨리 준비하세요."

관리부장은 주저주저하다가 알겠다고 말하고 사무실로 돌아왔다.

한 부장도 나가려고 하자 오 상무는 잠깐 자리에 앉으라고 하고는 분임조 명단을 훑어보았다. 아무리 찾아봐도 자신의 이름이 없자 오 상무는 한 부장에게 물었다.

"한 부장, 나는 왜 분임조 편성에서 뺐습니까?"

"상무님까지 분임조에 편성하는 건 모양새가 안 좋아서 넣지 않았습니다."

"한 부장은 요즈음 현장 사원들의 사고방식을 잘 모르는구면."

"...?"

"신세대들은 윗사람이 앞장서지 않으면 절대로 따라오지 않습니다. 그러니 나도 분임조에 넣으세요."

"상무님까지 분임조 활동에 참여하는 건 자칫하다간 비웃음거리가 될지 모릅니다."

"나도 분임조 활동에 대해서 직접 체험하면서 젊은 사원들과 어울리고 싶으니 더는 왈가왈부하지 말아요."

오 상무는 볼펜으로 마지막 분임조에 자신의 이름을 적어 넣고 사인을 하였다. 오 상무는 결재판을 한 부장에게 건네주며 퇴근 시간 10분 전에 전 사원들을 강당에 집합시키라고 지시했다.

퇴근 시간 10분 전.

오 상무는 비장한 목소리로 공장이 처한 실상을 사원들에게 호소한 다음 분임조 활동 재개를 선언했다. 동시에 분임조 운영 방침을 직접 알려주었다.

1. 분임조 활동을 지금까지는 현장 사원만 해 왔지만, 앞으로는 간부 관리직 전 사원이 함께 활동한다.

2. 각 분임조에 장미꽃 화분을 하나씩 나누어 줄 계획이니 분임조장들은 서로 협력하여 그 화분으로 공장 입구에 회사 마크를 만들어 놓는다.

3. 장미꽃을 가장 우아하고 아름답게 피워낸 5개의 분임조를 뽑아 시상하겠다. 반대로 장미를 죽이면 검은 리본을 1주일 동안 화분에 달아 놓아야 한다.

4. 각 분임조는 공장 적자를 줄일 방안을 한 가지씩 반드시 제출한다. 그 중 우수한 내용을 제출한 분임조 셋을 뽑아 인사고과에 반영함과 동시에 해외여행의 특전을 베풀겠다.

5. 분임조 활동을 하지 않는 조의 분임조장과 서기는 분기별로 분임조 발표 시 분임조 활동을 하지 못한 사유를 15분에 걸쳐 발표하여야 한다. 그중에서 가장 좋은 내용을 발표한 분임조에도 상을 줄 계획이다.

오 상무는 위 방침을 따를 사람은 손뼉을 치고 반대하는 사람은 손을 들어보라고 하였다. 서로 눈치만 볼 뿐 감히 손을 드는 사원은 아무도 없었다. 그때 노 주임이 기다렸다는 듯이 힘차게 손뼉을 쳤다. 이어서 현장 사원들이 손뼉을 따라서 치자 관리직 사원들도 하나둘 손뼉을 치면서 오 상무의 방침에 찬동하였다.

방해 공작

품질관리부 한 부장은 퇴근 후에 시내의 조용한 일식집으로 부장들을 불러 모았다.

생산부장, 자재부장, 공무부장은 참석했지만, 관리부장은 나오지 않았다. 소주를 한 잔씩 마시고 난 후, 한 부장이 만나자고 한 이유를 먼저 밝혔다. 그런 다음 조직개편의 필요성 여부를 먼저 따져보자고 제안했다. 자재부장이 조직개편은 감원을 단행하기 위한 사전 포석이니 수단과 방법을 가리지 말고 저지해야 한다고 열을 올렸다.

"점령군처럼 무차별로 사원들 목을 치려고 조직개편을 서두는 게 분명하니까 힘을 합쳐 대응해야 합니다. 400명이 넘는 공장인데 이 정도의 조직은 갖춰야 원활하게 굴러갈 거 아닙니까?"

"내가 봐도 이런 규모의 공장이면 이사 한둘은 둬야 하는데 여기서 조직을 축소한다는 건 말이 되지 않습니다."

생산부장도 자재부장의 주장에 맞장구를 쳤다. 묵묵히 듣기만 하던 공무부장도 두 사람의 주장에 동조했다.

"네 사람 모두 조직개편을 반대하는 건 분명하죠?"

품질관리부 한 부장은 쉽게 의견 수렴이 끝나자 일단 안도하였다.

"그러면 내일 출근하자마자 오 상무에게 네 사람이 함께 찾아가 조직개편을 반대한다는 의견을 전달합시다."

생산부장은 제동을 걸었다. 네 사람이 함께 찾아가면 마치 모의를 해서 집단으로 반기를 드는 인상을 주게 되니까 한 부장이 건의하는 형식을 취하자고 수정 제안했다.

"왜? 하필 날 보고 총대를 메라고 합니까? 난 못합니다."

한 부장이 펄쩍 뛰자 생산부장이 직격탄을 날렸다.

"오늘의 모임을 주도해 놓고 그런 식으로 꽁무니를 빼면 곤란하지요."

"맞아요. 아무래도 이런 일에는 공장 혁신 주관 부서장인 한 부장이 앞장서야 합니다."

자재부장도 생산부장의 말을 거들었다. 난처해진 한 부장은 망설이다가 작업복 호주머니에서 수첩을 꺼냈다. 수첩에 "공장의 전 부장들은 조직개편을 강력히 반대합니다."라고 쓰더니 그 밑에 각자 사인을 하라고 종용했다. 한 부장은 사인하면 총대를 메고 오 상무한테 찾아가 조직개편 반대 의사를 전달하겠다고 수정 제안했다.

하지만 누구도 선뜻 사인하지 않았다. 부장들의 얼굴을 훑어본 한 부장은 빨리 사인하라고 눈으로 재촉했다.

"꼭 이런 걸 근거로 남길 필요는 없잖습니까?"

윤상철 생산부장이 수첩을 밀치며 퉁명스럽게 내뱉었다. 한 부장은 당신들 믿지 못하겠다고 노골적으로 의심하는 눈길을 보냈다.

"조직개편을 반대한다고 말로만 동조했다가 나중에 오 상무가 불러 족치면 겁먹고 번복할지 누가 압니까?"

"젠장! 한 부장은 사기만 당했소? 사람을 왜 그렇게 못 믿어요?"

자재부장이 입술을 비틀며 반박했다. 한 부장은 물귀신 작전을 계속 밀어붙였다.

"못 믿어서가 아니라 이걸 오 상무한테 보여줘야 부장들의 건의를 신중하게 받아들일 거 아닙니까?"

"하긴 한 부장 말에도 일리가 있네요."

생산부장이 고개를 끄덕이고는 수첩에 사인해서 다른 부장한테 넘겼다. 다른 부장들도 일사천리로 사인을 마쳤다.

다음날 출근하자마자 품질관리부 한 부장은 결재 서류를 챙겨서 오 상무를 찾아갔다. 한 부장은 결재를 받은 다음 조심스럽게 입을 열었다.

"상무님, 공장 내 분위기가 심상치 않습니다."

"분위기가 심상치 않다니 그게 무슨 말입니까?"

오 상무는 의아한 빛으로 한 부장을 바라보았다. 한 부장은 변죽을 울리며 오 상무의 반응을 살피었다.

"부장 과장급들이 사표를 내고 공장을 떠나겠다고 공공연히 떠들고 다닙니다."

"이 불황에 회사를 그만두겠다니, 용기가 가상하네요."

오 상무는 심각하게 받아들이기는커녕 비아냥거렸다. 한 부장은 에둘러 그 책임을 오 상무에게 돌렸다.

"공장 돌아가는 분위기를 봐서 언제 잘릴지 모르니까 희망퇴직을 신청해 돈이나 챙기겠다는 심보죠."

"허허허. 나를 간부사원들 목이나 치러 온 사람으로 아는데 오해하지 마세요."

"상무님, 불 안 땐 굴뚝에서 연기 나는 법은 없지 않습니까?"

한 부장은 속담까지 들먹이며 오 상무의 속마음을 떠보았다. 눈치 빠른 오 상무는 조직개편 계획이 누설되었음을 간파하고는 한 부장에게 가시 박힌 농담을 툭 던졌다.

"후배 사원한테 자리를 물려 주려고 한 부장이 제일 먼저 사표를 낼 모양이네요?"

한 부장의 얼굴이 갑자기 굳어졌다. 의표를 질린 한 부장은 어쩔 줄 몰라 전전긍긍했다. 오 상무는 앉은 자세를 고친 다음 한 부장에게 난처한 질문을 하였다.

"그러나저러나 조직개편을 하겠다는 말은 누구한테 들었습니까?"

"누구한테 들은 건 아니고 유언비어처럼 떠도는 소문을 듣고도 간부 사원들은 민감하게 받아들이기 마련입니다."

구렁이 담 넘어가듯 둘러대는 한 부장의 목소리가 떨렸다. 간덩이가 작은지 그의 콧잔등에 땀방울이 송골송골 맺혔다.

오 상무는 솔직하지 못한 한 부장의 태도에 분노했다. 오 상무는 인정사정 안 두고 한 부장의 아픈 곳을 푹푹 쑤셔댔다.

"한 부장, 조직개편을 해도 평소 열심히 자기 맡은 일에 최선을 다했다면 문제가 될 게 없잖소? 간부들이 조직개편을 불안하게 받아들이는 건 그동안 주어진 업무를 충실히 이행하지 못했다든가 능력이 없기 때문 아니오?"

"상무님 말씀이 백번 옳습니다. 하지만 지금까지의 조직개편은 특정인을 승진시키거나 자리를 마련하기 위한 위인설관(爲人設官) 식의 땜질 처방이 대부분이었습니다. 그래서 항상 불만이 뒤따랐고 후유증도 컸습니다."

"나는 공장에 온 지 얼마 되지 않아서 특정인을 위한 조직개편을 단행할 처지가 못 됩니다. 과거는 어땠는지 모르지만 나는 앞으로 절대 불합리하고 편파적인 인사를 하지 않을 테니 걱정하지 마시오."

"상무님, 말씀을 곧이곧대로 믿어도 되겠습니까?"

"내 말이 사실인가 아닌가 증명하려면 조직개편을 반드시 단행해야겠네요."

오 상무가 어떤 방해 공작을 펼쳐도 조직개편을 밀어붙이겠다는 의사를 분명히 밝히자 한 부장은 난감했다. 섣불리 달려들었다가는 혼자 궁지에 몰리게 될 게 빤해 마침내 물귀신 작전을 펼치었다.

"저뿐 아니라 다른 부장들도 조직개편을 모두 반대합니다."

"뭐요? 부장들이 모두 반대한다고?"

"네, 맞습니다."

오 상무는 아연 긴장했다. 부장들이 집단으로 반발할 줄은 전혀 예상하지 못했다. 오 상무는 나약한 모습을 보여주거나 뒤로 물로 서면 안 된다고 자신에게 타일렀다. 부장들에게 휘둘리어 혁신의 깃발을 흔들어 보지도 못하고 내리면 우스운 꼴이 될 게 빤했다. 오 상무는 난관에 봉착했을 때 더욱 확신에 찬 모습을 보여줘야 한다고 자신을 다잡았다.

"부장들 아니라 전 사원이 반대해도 내 소신대로 조직개편을 단행할 테니 더는 왈가왈부하지 마시오."

"상무님, 다시 한번 말씀드리지만, 조직개편은 시간을 갖고 신중하게 재검토하셨으면 합니다."

"한 부장의 조언은 고맙소. 그러나 나는 내가 옳다고 믿으면 절대로 뜻을 굽히지 않는 사람이니 그리 아세요."

한 부장은 마지막 카드로 조직개편을 반대하는 부장들이 연명으로 사인한 수첩을 오 상무에게 보여주었다.

"상무님, 이 수첩을 보십시오."

"이게 뭡니까?"

수첩에 적힌 내용과 사인을 보고는 충격을 받았는지 오 상무의 한쪽 볼이 파르르 경련을 일으켰다. 방심했다가 불의에 기습을 당한 것처럼 얼떨떨했다.

"보셨듯이 부장들은 모두 조직개편을 반대합니다."

이 자식들이 노골적으로 반기를 드는구먼. 지금까지 이런 식으로 압력을 넣어 공장장을 주물러 놓았다 이거지. 하지만 나는 네 놈들이 집단으로 반기를 든다고 눈 하나 꿈쩍하지 않는다.

오 상무는 탁자 위에 놓인 수첩을 집어 들고는 인터폰으로 관리부 여직원을 불렀다. 여직원이 들어오자 수첩을 주고는 부장들이 사인한 부분을 복사하라고 지시했다.

"한 부장, 이런 좋은 정보를 제공해줘서 고맙소."

오 상무는 화를 내지 않고 일부러 여유를 부렸다. 목청을 높이거나 욕을 퍼부으면 약점이 잡힐까 봐 최대한 인내력을 발휘하였다.

오 상무는 한 부장이 방에서 나가자 눈을 지그시 감았다. 혁신 활동 시작단계부터 뜻하지 않은 복병이 나타날 줄은 꿈에도 생각하지 못했다.

오 상무는 화풀이로 조직개편 계획을 누설한 관리부장을 불러다 족치려다가 그만두었다. 부장들의 속내를 탐지하는 기회를 만들어 주어서 오히려 관리부장이 고마웠다.

다음날 오 상무는 은밀히 노태무 주임을 그의 방으로 불렀다. 갑작스러운 호출에 노 주임은 긴장했는지 굳어진 표정이었다. 오 상무는 긴장을 풀어주려고 노 주임의 훌렁 벗어진 머리에 잠시 눈길을 주다가 농담을 툭 던졌다.

"노 주임, 올해 나이가 몇이나 됐소?"

아닌 밤중에 홍두깨 내밀 듯 남 나이는 왜 묻지?

"서른두 살입니다."

"30대 초반이구먼."

"그런데 나이는 왜 물으세요? 혹시 중매라도 해 주시겠습니까?"

오 상무는 노 주임의 대꾸가 재미있는지 씩 웃었다.

"아닌 게 아니라 시원한 머리를 보니 빨리 결혼해야겠구먼."

이 양반, 바쁜 사람 불러놓고 뭘 하자는 건지 모르겠네. 그렇지 않아도 한 부장 때문에 미치겠는데, 설상가상(雪上加霜) 남 오장육부 뒤집어놓기로 작정을 하셨구먼?

오 상무는 노 주임과 실없는 농담을 주고받다가 여사원이 가져온 주스를 마시고는 화제를 얼른 다른 데로 돌렸다.

"노 주임, 혁신 활동을 강력히 추진하려면 현장 여사원들을 이끌 리더가 필요한데 적격자가 없습니까? 남자 사원 말고 여사원 중에서 말에요."

노 주임은 얼른 떠오르는 사람이 없어 손가락으로 염소수염만큼 남은 옆머리를 쓰다듬기만 하였다. 오 상무가 먼저 의견을 제시했다.

"내가 보기에는 노조 부위원장인 박민정을 리더로 삼으면 어떻겠소? 며칠 전 매점에서 잠시 만나 이야기를 나누어 봤는데 마음만 먹으면 열정적으로 일할 여사원처럼 보이던데 노 주임은 어떻게 생각하시오?"

노 주임은 썩 마음이 내키지 않아 노조 위원장을 핑계 삼아 난색을 보였다.

"상무님, 박민정은 노조 위원장하고 한통속이라서 리더로 임명하면 협조를 받기보다는 방해가 됩니다."

"노 주임이 먼저 박민정을 설득하시오. 노조 위원장은 내가 책임지고 혁신 활동에 적극적으로 참여하도록 유도하겠소."

"상무님, 하희선이란 여사원이 혁신 활동에 관심이 많은데, 그녀와 손을 잡고 일하면 어떨까요?"

"그 여자 나이가 몇이오?"

"스물한 살입니다."

"회사 근무 경력과 나이가 많지 않아 현장 여사원들을 이끄는 데 역부족일 것 같소."

오 상무는 고개를 갸웃거리며 이의를 제기했다. 노 주임이 가타부타 말이 없자 오 상무는 자기주장을 굽히지 않았다.

"하희선이라는 여사원을 만나 보지 않아 잘 모르겠지만, 현장 여

사원들을 이끌 적격자는 아무래도 박민정 같소."

"상무님은 박민정을 엄청 잘 보셨군요."

"다만 그녀가 이번의 혁신 활동을 어떻게 받아들이냐가 중요하오. 부정적으로 받아들이면 협조하지 않을 테고, 긍정적으로 받아들이면 동참하겠지요. 힘들겠지만 노 주임이 박민정을 만나 적극적으로 설득해 주시오."

"상무님 지시대로 제가 박민정을 만나 보겠습니다."

자리에서 일어나는 노 주임에게 오 상무는 박민정과 식사나 하라며 돈 봉투를 내밀었다.

"상무님, 나중에 성과가 좋으면 포상금으로 주십시오."

노 주임은 돈 몇 푼으로 오 상무한테 발목을 잡히기 싫어 봉투를 받지 않았다.

'박민정 이 가시나가 선선히 만나 주지 않으면 어떻게 하지? 원수는 외나무다리에서 만난다더니 졸지에 내가 그 꼴이 되고 말았네.'

노태무는 생산부 주임으로 근무하면서 혁신 활동을 열성적으로 활동한 결과 공적을 인정받아 정부 포상을 받았다. 그로 인해 2년 전 사무직 사원으로 발탁돼 품질관리부에서 근무하게 되었다.

근무한 지 두 달쯤 지나 노 주임은 평소 마음에 두어 왔던 박민정한테 결혼을 염두에 두고 몇 번 만났다. 치킨을 시켜놓고 생맥주도 마시고 노래방에 가서 스트레스를 풀기도 했다.

그러던 어느 날 노태무는 박민정에게 청혼했다가 보기 좋게 딱지를 맞았다. 그 뒤, 노태무는 현장에서 어쩌다 그녀와 얼굴을 마주치면 창피해 의식적으로 눈길을 돌리곤 했다. 그렇다고 그녀에 대한 미련을 아예 버린 건 아니었다.

하늘은 스스로 돕는 자를 돕는다더니, 드디어 절호의 기회가 왔구면. 그동안 마땅한 구실이 없어 꺼진 사랑의 불씨를 되살리지 못했는데 그녀와 혁신 활동을 하다 보면 정이 들어 결혼하게 될지 몰라. 그렇게 되면 도랑 치고 가재 잡고, 임도 보고 뽕도 따는 격 아닌가? 허허허.

설레는 마음을 가다듬은 뒤 노 주임은 생산현장으로 달려가 박민정을 밖으로 불러냈다. 노 주임은 7시에 역 앞 칸타빌레 레스토랑에서 만나자는 메모 쪽지를 그녀의 손에 얼른 쥐여 주었다. 그런 다음 그녀가 메모 쪽지를 펴 볼 겨를도 주지 않고 다리야 날 살리라고 사무실로 달려왔다.

노 주임은 퇴근 시간이 되기 무섭게 공장에서 나와 택시를 타고 칸타빌레 레스토랑으로 달려갔다. 노 주임은 레스토랑에서 기다리는 동안 박민정을 설득할 이야기를 찾는 데 몰두(沒頭)하였다.

약속한 7시가 가까워지자 노 주임의 가슴 속에서 불안이 뱀 혓

바닥처럼 날름거렸다. 만일 박민정이가 약속 장소에 나오지 않으면 임도 보고 뽕도 따기는커녕 게도 구럭도 다 놓치는 꼴이 될까 봐 똥끝이 바짝바짝 탔다.

이놈의 가시나, 바람만 맞혀 봐라. 이번엔 체면이고 안면이고 다 몰수하고 작살을 내 성하직물에서 기어나가게 만들고 말 테다. 아니여! 틀림없이 나올 거여. 제 코가 클레오파트라 것만큼 높지도 않은데 무한정 빼길 이유가 없지. 얼굴이 장미꽃처럼 화사하고 살집이 포동포동할 나이에는 백마 탄 기사가 나타나 결혼하자고 애걸복걸할 줄 알고 버텨 봤지만, 이제는 나이만 대추나무 연 걸리듯 오지게 주워 먹어 나 같은 놈이 만나자고 해도 감지덕지 고마워할 시기가 되었잖아.

7시 10분.

손목시계를 세 번이나 들여다보아도 약속 시간 7시가 지난 게 틀림없자 노 주임은 "어매! 이 가시나가 새 꽁지만큼 남은 내 머리칼 몽땅 다 빠지게 애먹이기로 작정했나, 왜 이리 안 나오는지 모르겠네?" 하고 중얼거리며 안절부절못하였다.

10분이 더 지나자 노 주임은 똥 마련 강아지처럼 엉덩이를 들썩거리다가 아예 레스토랑 출입구에 서서 큰길가에 시선을 못 박고 박민정을 기다렸다.

7시 30분이 되었는데 박민정의 모습이 보이지 않자 초조와 분노로 얼룩진 노 주임의 낯빛은 붉으락푸르락 말이 아니었다. 더구나 그의 정수리에는 땀방울까지 송골송골 맺혀 새벽이슬을 맞은 호박처럼 반질거렸다.

'진짜로 이 가시나가 나를 골탕 먹이기로 작정했구먼? 아니야 분명 나올 거야. 길이 막혀 늦는 거지 약속을 깨뜨릴 만큼 싹수없는 가시내는 아니여.'

10분쯤 지나 박민정은 드디어 약속 장소에 나타났다.

그녀는 늦어서 미안한지 혀를 쏙 내밀고 자리에 앉았다. 노 주임은 씩씩거리다가 메주로 개 패듯 퉁명스럽게 물었다.

"민정 씨! 손목시계 고장이 났습니까?"

"친구하고 떡볶이 좀 사 먹고 오느라고 늦었어요."

"뭐라고요? 그 새를 못 참아 떡볶이를 사 먹었다고요?"

"네."

"내가 비프스테이크하고 맥주를 사주려고 했는데 배가 고픈 거 어지간히 못 참네요?"

노 주임은 어이가 없는지 입을 떡 벌리고 그녀를 빤히 쳐다보았다. 민정은 과거 이야기를 들먹거리며 노 주임을 무안하게 만들었다.

"그전처럼 노가리 몇 마리 놓고 생맥주나 마시자고 할 줄 알고 미리 속 좀 채우고 왔다고요."

"민정 씨, 노 태무도 이제 엄청 달라졌습니다."

"제가 보기엔 달라진 게 아무것도 없는데요. 굳이 달라진 걸 찾 자면 머리가 더 벗어져서…."

박민정은 노 주임이 기분 나빠할까 봐 '훤해졌을 뿐'이라는 말을 생략하였다. 노 주임은 화를 내면 속이 좁은 사내로 보일 테고 그렇다고 웃자니 실없는 인간처럼 보일까 봐 상한 감정을 달랬다.

박민정은 못처럼 입술에 진한 석류 빛 립스틱을 발라서 그런지 나름대로 정성 들여 화장한 티가 났다. 공장에서 볼 때 꺼칠하던 피부가 제법 윤기가 나고 곱상했다. 게다가 그녀 귀 끝에 대롱대롱 매달린 앙증맞은 귀걸이가 눈길을 끌었다.

"노 주임, 만나자고 한 용건이 뭔지 빨리 말씀하세요? 나 곧 가 봐야 해요."

박민정은 맥주 컵을 들어 한 모금 마시고 나서 재촉했다. 노 주임은 그녀의 눈을 물끄러미 바라보다가 혼자 중얼거렸다.

'이제 봤더니 이 가시나 성질 되게 급하네. 잘하면 결혼식 피로연 자리에서 애새끼 백일 잔치하자고 조르겠네, 그려.'

노 주임은 무슨 말부터 꺼내야 좋을지 몰라 창밖으로 시선을 돌렸다. 공사를 하다 만 우중충한 건물이 눈에 들어왔다. 겉으로 봐서는 조그만 호텔 아니면 쇼핑센터를 짓는 건물 같았다. 한 눈으로 보아 엉성하기 짝이 없어 바람이 세게 불면 와르르 무너져 내릴 듯이 위태롭게 보였다.

노 주임은 박민정의 관심을 불러일으키려고 분위기에 전혀 어울리지 않는 질문을 하였다.

"민정 씨, 얼마 전에 대형 백화점이 와르르 무너져 엄청 많은 사람이 목숨을 잃었잖아요."

"그래서요?"

"왜 그런 참사가 일어난 진짜 이유가 뭔지 알아요?"

"아니, 뚱딴지같이 백화점 붕괴 사건은 왜 꺼내세요?"

박민정은 눈을 깜박거리며 이해할 수 없다는 듯이 뜨악한 표정을 지었다.

"내 좌우명이 '자나 깨나 품질관리'인 거 알잖아요?"

"품질관리의 중요성을 말하고 싶어서 입이 근질근질한 모양이군요?"

민정은 웃음을 흘리며 장난기 섞인 목소리로 선수를 쳤다.

"역시 민정 씨의 추리력은 놀랍네요."

노 주임은 씩 웃으며 박민정을 치켜세웠다. 박민정은 그런 이야기라면 더 들어볼 필요가 없다는 듯이 시큰둥한 표정을 지었다. 노 주임은 묵직한 목소리로 말을 이었다.

"그건 그렇고 민정 씨는 지금 공장이 어떻게 돌아가는지 궁금하지 않아요?"

"좋은 소식이라도 갖고 나왔어요?"

박민정은 앉은 자세를 고치더니 노 주임의 말에 귀를 기울이었다. 노 주임은 민정의 태도가 진지해지자 공장장인 오 상무를 띄우면서 불안감을 부추기었다.

"민정 씨, 이번 오 상무님은 회장님으로부터 어마어마한 권한을 위임받고 왔답니다. 그래서 공장이 흑자로 바뀔 가망이 보이지 않으면 그의 재량으로 공장을 폐쇄할지도 모릅니다."

"엊그제 매점에서 말씀하실 때 앞으로 장기근속 현장 사원들에게 야간대학교에 가면 장학금을 지급하겠다고 희망적인 이야길 하던데 설마 공장을 폐쇄까진 하겠어요?"

"그런 계획은 공장이 적자에서 벗어나고 폐쇄설이 쏙 들어가야 시행되지 그렇지 않으면 말짱 도루묵입니다."

"내가 보기엔 한번 내뱉은 말을 조변석개 식으로 바꾸는 무책임한 공장장 같지는 않은데, 하긴 나라 경제 사정이 최악이니까 기업들의 경영방침이 언제 바뀔지 모르죠."

민정은 공장이 폐쇄되는 일이 절대 일어나지 않기를 바랐다. 노 주임은 불안감을 증폭시키려고 가상 시나리오까지 만들어 위기감을 고조시켰다.

"민정 씨 이건 극비사항인데 공장을 폐쇄한 뒤 기계는 동남아에 싸구려로 팔아먹고 그 자리에 아파트를 지을 계획까지 짜 놓은 모양입니다."

"어머나! 내 친구가 다니는 섬유회사도 곧 공장을 밀어 버리고 그 자리에 아파트를 짓는다고 하던데 우리 공장도 그렇게 될 모양이네."

민정의 얼굴엔 갑자기 어두운 그림자가 드리워졌다. 졸지에 실업자가 된다고 가정해 보니 눈앞이 캄캄했다. 노 주임도 처량한 목소리로 넋두리를 늘어놓았다.

"제기랄! 장가라도 들었으면 마누라하고 장터에서 순대 장사라도 한다지만 그럴 형편도 못 되고. 그렇다고 막노동은 몸에 배지 않아서 엄두도 나지 않고, 실업자가 되면 굶어 죽기 딱 좋은데 어쩌면 좋지요?"

박민정은 고개를 떨어뜨렸다. 그녀의 얼굴에 실망을 넘어 체념의 빛이 감돌았다. 노 주임은 맥주병을 들어 박민정의 빈 컵을 채워주면서 병 주고 약 주는 식으로 위안해주었다.

"민정 씨, 하늘이 무너져도 솟아날 구멍은 있답니다. 설마 바람 분다고 성하직물이 모래성처럼 금세 와르르 무너지지는 않겠지요."

"잊을 만하면 공장 문을 닫겠다고 하니, 불안에 떨면서 회사에 다니는 사원들이 참으로 불쌍하네요."

"물론 전 사원이 주인 의식을 갖고 적자를 줄이려는 노력을 보여주면 오 상무도 생각이 달라질지 모릅니다."

"그렇다면 현장 사원들이라도 적극적으로 나서서 무슨 대책을 세워야지 이대로 수수방관(袖手傍觀)해서는 안 되지요."

그녀의 목소리에서 절박함과 초조함이 묻어나왔다. 노 주임은 박민정의 표정을 살피며 유도신문을 펼쳤다.

"그런데 현장 사원들 태도로 봐서는 대책을 세우려고 해도 책임지고 앞장설 사람이 없으니 고민이지요."

"그럼 노 주임이 그전처럼 앞장서 주세요."

노 주임은 고개를 좌우로 흔들면서 자신이 나서지 못하는 이유를 그럴싸하게 꾸며댔다.

"나는 사무직이기 때문에 현장 사원들이 따라 주지 않을 가능성이 큽니다. 과거에 제안을 제출해라, 분임조 활동을 하자고 간부들이나 현장 사원들한테 목이 아프도록 부르짖고 다닐 때 모두 날 비웃었잖아요? 회사 앞잡이니, 어용이니 하고 뒤통수에 대고 삿대질을 했는데, 이제는 공장장 똘마니라고 인격적인 모독까지 할 텐데 내가 설쳐대면 역효과만 날 게 분명합니다."

"그 당시에는 공장장이며 간부들이 전혀 신경도 안 쓰고 오히려 시간만 축낸다고 분임조 활동을 배척했잖아요? 하지만 이번에는 상황이 다르잖습니까? 오 상무님이 직접 팔을 걷어붙이고 위기에 처한 공장을 살려내기 위해서 노심초사하는데 우리가 앉아서 지켜볼 수만은 없잖아요. 그래서 나도 이번에는 혁신 활동의 중요성을 현장 여사원들에게 적극적으로 설득해서 모두 참여하도록 힘써 보겠습니다."

"민정 씨! 듣기 좋아라고 하는 말은 아니죠?"

노 주임은 일부러 믿지 못하겠다는 투로 물었다. 민정은 불쾌하다는 듯이 이맛살을 찡그리고 발끈해 소리쳤다.

"내가 일구이언(一口二言)할 공순이로밖에 안 보입니까?"

"노조 위원장이나 노조원들이 압력을 넣으면 흔들릴지 몰라서 우려하는 차원에서 한 말입니다."

"회사를 살리려면 노사가 화합해도 부족할 판인데 편 가르기를 하면 안 되지요."

"박민정 씨 못처럼 건설적인 말을 하네요."

"회사가 먼저 잘 돌아가야 노조원들도 살아남는다는 것쯤은 나도 압니다."

노조 부위원장답지 않게 민정은 회사가 어려울 땐 노사의 화합이 필요함을 강조하였다. 노 주임은 박민정의 말을 듣는 순간 천군만마를 얻은 것처럼 힘이 불끈 솟아올랐다.

"그럼 우리 공장을 살리는데 손잡고 함께 일해 봅시다."

"앞으로 노 주임의 든든한 협력자가 되도록 노력할게요."

노 주임에겐 그 말이 박민정의 가슴 속에 오랫동안 간직했던 사랑의 고백처럼 들렸다. 노 주임은 맥주 컵을 번쩍 들어 그녀 앞에 내밀었다.

"민정 씨, 우리 새로운 출발을 축하하는 의미로 건배합시다."

"좋아요!"

민정도 컵을 들어 부딪쳤다. 쨍하고 맑고 상쾌한 소리가 천정까지 튀어갔다. 순간 민정의 얼굴에서 어두운 그림자가 사라졌다. 이윽고 두 사람의 얼굴에서 못처럼 희망의 웃음꽃이 활짝 피어났다.

발목 잡기

　　아침 일찍 공장을 돌아보고 사무실로 돌아온 오 상무에게 협력업체인 대백직물 사장으로부터 전화가 걸려왔다.

　그는 3년 전에 성하직물 공장장을 그만두고 퇴직하였다. 얼마 뒤 회사를 차려 현재까지 성하직물에 직물 원단을 납품하는 중이었다. 그는 협력업체 협의회 회장을 맡아 성하직물 간부 사원들과 친분이 두터웠다.

　"오 상무님, 퇴근 후에 뵙고 싶은데 혹시 다른 분과 선약은 없으신지요?"

　오 상무는 메모판을 들여다보았다. 오 상무는 다른 약속이 없었지만 정중하게 거절하였다.

"사장님, 눈코 뜰 새 없이 바쁘실 텐데 하실 말씀이 있으면 전화로 하시지요?"

"공장에 오신 지도 꽤 되었는데 저녁 식사 한 번 대접하지 못해 죄송합니다."

"그런 걱정 안 하셔도 됩니다. 이제 술 못 마셔서 안달하고, 밥 못 먹어서 배곯는 세상은 아니잖습니까?"

"그러시지 말고 오늘 꼭 시간 좀 내주십시오."

오 상무는 회사 선배인 그의 요청을 거절하기 난처해 시간과 장소를 알려달라고 하고는 전화를 끊었다. 통화를 마치고 오 상무는 자재부장과 품질관리부장을 그의 방으로 불렀다. 잠시 뒤 품질관리부장과 자재부장이 그의 방으로 달려왔다.

"대백직물 길 사장이 저녁에 만나자는데 두 사람 퇴근 후에 약속 없지요?"

"저는 참석이 어려운데요."

품질관리부장이 꽁무니를 뺐다. 이어서 오 상무는 자재부장에게 물었다.

"자재부장은 다른 약속이 없습니까?"

"저는 별다른 약속은 없습니다."

"그럼 길 사장 만나러 나하고 함께 갑시다."

품질관리부 한 부장은 공장장 방에서 나와 사무실로 가지 않고 자재부장을 휴게실로 데리고 갔다. 자판기에서 커피를 뽑아 들고 의자에 앉은 다음 한 부장은 뜬금없는 말을 내뱉었다.

"자재부장님, 길 사장을 만나기 전에 전화를 걸어 미리 작전을 짜십시오."

"작전이라니? 무슨 작전 말입니까?"

자재부장은 무슨 말인가 몰라 어리둥절한 표정을 지었다. 한 부장은 자재부장 귀에다 대고 무슨 말인가 소곤거렸다.

자재부장은 회심의 미소를 짓고 고개를 끄덕였다. 한 부장은 일이 뜻대로 돌아가자 얼굴에 흡족한 미소를 짓고 사무실로 돌아왔다.

오후 7시쯤 오 상무는 자재부장과 함께 길 사장과 약속했던 장소로 향했다. 약속 장소는 시내 대로변의 주택가에 자리한 음식점이었다.

안으로 들어가 보니 정원이 아담했다. 고풍스러운 집 구조가 옛날 기생집 냄새를 물씬 풍겼다. 분위기로 보아 돈푼이나 주무르는 사람들이 드나드는 요정처럼 보였다.

오 상무가 방에 들어서자 대백직물 길 사장이 벌떡 일어나 굽신거렸다.

"상무님, 시간을 내주셔서 감사합니다."

"굳이 이런 자리를 마련하지 않아도 되는데, 하여튼 감사합니다."

"회사 일은 아랫것들에게 맡겨 놓고 저는 상무님 같은 분들을 뵙는 게 몇 배 중요하죠. 허허허."

그는 살집 좋은 몸을 흔들며 요란스럽게 웃고는 음식을 빽빽하게 차려 놓은 자개 상에 앞에 털썩 앉았다. 길 사장은 오 상무 잔에 술을 따르며 본색을 드러냈다.

"상무님, 앞으로 자주 이런 자리도 갖고 주말엔 필드에도 종종 나갑시다. 이번 주 어떻습니까? 그렇지 않아도 협력업체 사장 몇이 절 보고 상견례 자리를 마련하라고 부탁하는데 시간 좀 내주시겠습니까?"

"전 당분간 공장 일에만 전념할 생각입니다."

"아! 공장 일은 부장들한테 맡겨 두고 편하게 지내십시오."

"공장장이 솔선수범을 보여야 부장들도 열심히 일하지요."

"상무님은 대관 업무나 본사 임원들과 자주 어울리면서 바람막이 노릇이나 하세요."

그는 사장이란 기술 개발이나 제품 품질 향상에 힘쓰기보다는 회사와 이해관계가 얽힌 사람들과 인맥을 쌓는 데 역량을 발휘해야 유능한 경영자인 줄로 착각했다. 제품의 우수성을 내세워 공정한 경쟁을 하기보다는 연줄이나 로비로 납품권을 따내는 데 익숙한 모양이었다.

잠시 뒤 한복을 차려입은 젊은 아가씨 셋이 방으로 들어왔다. 그녀들 중 얼굴이 제일 반반한 여자가 길 사장과 구면인지 볼우물을 보이면서 정답게 인사를 하였다. 길 사장은 그녀의 엉덩이를 찰싹

때리더니 오 상무 옆에 앉으라고 지시했다. 아가씨가 자리에 앉자 길 사장은 근엄한 목소리로 오 상무를 소개하였다. 그런 다음 여기 자주 오실 귀한 손님이시니 홀라당 벗고 화끈하게 모시라고 엄명을 내렸다.

술잔을 연거푸 비우고 나서 길 사장은 오 상무에게 머리를 조아렸다.

"상무님, 앞으로 저희 협력업체 좀 잘 보살펴 주십시오."

"제가 보살펴 주기보다는 협력업체가 성하직물을 도와주셔야지요."

"물론 저희야 죽으라면 죽는시늉도 기꺼이 하겠습니다."

"품질 좋고 적당한 가격에 납기만 잘 맞춰 주신다면 협력업체로서는 할 일을 다 한 거니까 앞으로 이런 자리는 마련하지 않아도 됩니다."

"그래도 객지에서 혼자 지내시는데 가끔 젊은 여자를 품어야 객고를 잊으실 거 아닙니까? 허허허."

길 사장은 연신 너털웃음으로 술자리 분위기를 잡아갔다. 오 상무는 그다지 즐겁지 않았다. 회사가 어려운데 사장이 요정이나 드나들고 필드에 나가 골프를 친다고 경영상태가 호전될까?

술자리가 무르익어 가자 자재부장이 화장실에 다녀오겠다며 슬그머니 자리에서 일어났다. 이윽고 술 시중을 들던 계집애들도 하나둘씩 자리를 뜨는 게 아닌가.

방에 두 사람만 남자 길 사장도 자리에서 일어났다. 그는 옷걸이에 걸어놓은 양복 안주머니에서 봉투를 꺼내 오 상무에게 불쑥 내밀었다. 오 상무는 눈을 치켜뜨고 퉁명스럽게 물었다.

"길 사장님, 이게 뭡니까?"

길 사장은 얼굴에 겸연쩍은 웃음을 지으며 다소곳이 말했다.

"협력업체 사장들이 십시일반으로 마련한 용돈이니 전혀 부담은 갖지 마십시오."

"길 사장님, 이따위 거나 전해 주려고 만나자고 했습니까?"

오 상무는 얼굴을 일그러뜨리고 길 사장에게 쏘아붙였다.

"상무 월급으로 먹고사는 데 전혀 지장이 없습니다. 돈을 주시려면 제가 회사 그만두고 평생 먹고 살게 50억 원쯤 주십시오."

오 상무가 면박을 주자 길 사장은 표변해 버럭 화를 냈다.

"상무님, 저희 성의를 이런 식으로 무시해도 됩니까? 몇 푼 되지도 않는 돈인데 너무 야박하십니다."

"금액이 많고 적은 게 문제가 아닙니다. 이 돈은 여차하면 악마의 발톱으로 둔갑하여 내 목을 조를 게 빤하잖습니까?"

"아이고! 무슨 그런 흉악한 말씀을 하십니까?"

"단도직입적으로 말해서 돈을 주는 건 납품 편의를 봐달라는 무언의 청탁 아니냐고요?"

"아이구! 상무님 땅 꺼질까 봐 어떻게 걸어 다니십니까? 전혀 그런 뜻으로 드리는 게 아니니 걱정 꽉 붙들어 매십시오."

길 사장은 봉투를 꾸겨 오 상무 호주머니에 쑤셔 넣었다. 오 상무가 봉투를 막 꺼내려고 하는데 아가씨들이 방으로 들어왔다. 오 상무는 길 사장과 실랑이를 부리는 게 창피해 돈 봉투를 돌려주지 못했다. 오 상무는 술맛이 싹 가시었다.

'이 인간들 내 발목을 잡으려고 호시탐탐 노렸구먼! 길 사장 당신 돈을 쥐여 주었다고 좋아하지 마. 내일 당장 무슨 일이 벌어지나 기다려 보라고.'

아니나 다를까 거나하게 취하자 길 사장은 언제 누구한테 정보를 입수했는지 조직개편을 거론하였다.

"상무님, 들리는 얘기로는 대대적으로 직물 공장 조직을 개편할 계획이라는데 그게 사실입니까?"

"길 사장님은 남의 제사상에 밤을 놓아라, 배를 놓아라, 간섭하는 게 취미이신가 보죠?"

오 상무는 남의 회사 일에 왜 그렇게 관심이 많으냐고 비아냥거렸다. 길 사장은 회사 선배를 함부로 대하는 오 상무가 얄미워 계속 깐족댔다.

"상무님, 골치 아프게 혁신 활동이니 뭐니 하면서 잡다한 일 벌이지 말고 적당히 시간 보내십시오. 그러다 협력업체나 하나 차려서 나오십시오. 회사 오너도 아닌데 평생 근무할 수는 없잖습니까?"

"직물공장이 망하게 생겼는데 공장장이라는 사람이 눈 번이 뜨고 지켜만 보란 말입니까?"

오 상무는 말 같지 않은 소리 작작하라고 면박을 주었다. 길 사장은 답답하다는 듯이 술잔을 들어 단숨에 들이키고 성하그룹을 들먹거렸다.

"상무님, 직물공장 뒤에는 성하그룹이 떡 버티고 있는데 왜 망합니까? 상무님, 대마불사라고 거대 그룹은 쉽게 망하지 않습니다."

"길 사장님, 뭔가 크게 착각하고 계십니다. 사장님이 근무하실 때와는 기업 환경이 엄청나게 달라진 걸 모르시는군요."

"제가 보기에는 크게 달라진 게 없는데요?"

"우리나라 기업들은 여전히 부채비율도 높고 제품 경쟁력도 국제 수준에는 한참 못 미칩니다."

"그래도 성하그룹은 잘 굴러가잖습니까?"

"막연한 낙관주의가 얼마나 무서운지 모르시는군요."

길 사장은 오 상무가 출세하고 싶어 바둥거리는 줄 알고 충고했다.

"상무님, 아무리 회사에 충성해도 성하그룹에서 사장까지 올라가기란 하늘에서 별 따기보다 더 어렵잖습니까?"

"성하물산 사장 자리를 탐내고 혁신 활동을 밀어붙이는 게 아닙니다."

"그러면 무엇 때문에 공장을 활딱 뒤집어놓을 궁리만 하십니까?"

"사장님, 임원이라면 몸담은 회사의 성장과 발전에 이바지하는 게 책무가 아닐까요?"

"직물공장 간부나 사원들 불쌍합니다. 본사에서 들들 볶아대지요. 실적은 부진하지요. 승진은 안 되지요. 공장장님께서 보듬어 주시고 사기를 올려 주십시오."

"길 사장님, 저의 공장에 많은 관심을 가져주셔서 감사합니다."

"직물공장은 친정이나 마찬가지인데 똥 친 막대기 취급을 받아서 안타깝습니다."

"희망 없는 공장이라는 불명예 딱지를 하루라도 빨리 떼려고 혁신 활동이며 조직개편을 서두는 겁니다."

길 사장은 오 상무가 만만한 임원이 아님을 간파하였다. 길 사장은 오 상무에게 돈 봉투를 준 게 자승자박(自繩自縛)의 빌미를 제공하지 않았나 싶어 불안감을 떨쳐버릴 수 없었다.

"하여튼 배고프고 힘없는 협력업체를 잘 보살펴 주십시오."

길 사장은 자리에서 일어나 얼굴에 억지웃음을 짓고 오 상무에게 고개를 숙였다.

오 상무는 기숙사에 돌아오자마자 호주머니에서 돈 봉투를 꺼냈다. 봉투 안의 수표를 세어보니 10만 원권 50장이었다.

'이 인간들 돈이 썩어 남아돌고 쓸 데가 없는 모양이구먼? 정신 나간 놈들! 돈으로 만사를 해결하려는 망조(亡兆)가 든 세상이지만, 길 사장 당신, 나를 잘못 보아도 한참 잘못 보았다. 자재부장 네놈이 돈을 주라고 길 사장을 사주를 한 모양인데 뜨거운 맛 좀 봐라!'

다음날 출근하자마자 오 상무는 자재부장을 그의 방으로 급히 호출하였다. 오 상무는 부리나케 달려온 자재부장에게 차디찬 목소리로 지시했다.

"대백직물은 당분간 납품을 중지시키시오."

"상무님, 그게 무슨 말입니까? 납품을 중단하다니요?"

"그 이유는 자재부장 당신이 더 잘 알 텐데 왜 딴전을 펴는 거요?"

오 상무는 호주머니에서 봉투를 꺼내 자재부장 코앞에 내던졌다. 자재부장은 놀란 토끼 눈을 하고 오 상무에게 물었다.

"아니, 그럼 어제 길 사장이 상무님께 결례했단 말입니까?"

"자재부장, 길 사장이 나한테 돈 봉투를 찔러 줄 짬을 만들어 준 게 당신 아니오?"

"상무님, 뭔가 오해하고 계십니다. 저는 술이 올라와 잠깐 바람 쐬러 나갔다가 집에 전화를 걸고 왔을 뿐입니다."

"한두 잔 마시고 술이 오르다니, 구차한 변명 그만하고 내 지시대로 시행하시오."

"길 사장이 결례한 걸 제가 대신 사과드리겠습니다. 정말 죄송합니다."

자재부장은 사태가 심상치 않게 돌아가자 손을 앞으로 모으고 빌었다. 오 상무는 그의 사과를 받아들이지 않았다.

"속 보이는 짓 그만하고 즉각 납품 중지시켜요!"

"상무님, 제발! 제 입장을 봐서라도 재고해 주십시오."

자재부장은 궁지에서 벗어나기 위해 애걸복걸했다.

오 상무가 돈 봉투를 받고 난 뒤 거래를 중단하라고 지시하는 이유가 뭘까? 돈 액수가 적어서 튕기는 걸까? 그럴지 몰라. 오 상무를 너무 얕잡아 본 게 화근이 되었나? 상무 정도면 협력업체로부터 상납받는 걸 당연하게 여길 텐데 저 인간의 속셈을 도무지 알 길이 없네.

자재부장이 방에서 나가자 오 상무는 생산부장을 인터폰으로 호출하였다. 오 상무는 생산부장에게 직물 원단을 며칠 분이나 비축했느냐고 물었다.

"보통 15일분은 미리 확보해 둡니다."

"그럼 대백직물이 납품을 중단해도 당분간 생산에 지장이 없겠습니까?"

"2주 동안은 생산하는 데 문제가 없습니다."

"그런데 대백직물 원단 품질 수준은 어떻습니까?"

"제가 알기로는 대백직물의 원단 품질이 제일 나쁩니다."

"짐작한 대로 대백직물은 사장이 불량하니까 제품도 부실하구먼!"

오 상무는 생산부장과 통화를 마치고는 속이 시커먼 자재부장을 갈아치울 절호의 기회가 왔다고 회심의 미소를 지었다.

한편 식식거리며 사무실로 돌아온 자재부장은 조용한 휴게실로 달려가 급히 길 사장에게 전화를 걸었다.

"사장님, 오 상무가 나를 부르더니 개 잡듯 족치는데 어젯밤 어떻게

했기에 불똥이 나한테까지 튀어옵니까?"

"부장님이 하라는 대로 봉투를 찔러줬습니다."

"방금 오 상무가 대백직물 납품 중단시키라고 지시했습니다."

"다섯 장이었는데 금액이 너무 적었나 보죠?"

"사장님도, 상무 정도가 그 정도의 액수로 양이 차겠습니까?"

"너무 큰 액수면 뇌물처럼 비치어 받지 않을지 몰라 용돈이나 하라고 주었는데 난감하네요."

"이왕에 돈을 받아먹을 바에는 크게 받아먹지 그 정도 받고 발목을 잡힐 사람이 어디 있습니까?"

"그럼 다섯 장 더 갖다 줄까요?"

"나는 모르겠으니 길 사장이 알아서 해결하시오!"

자재부장은 냅다 전화를 끊고는 구시렁거렸다.

'품질관리부 한 부장 자식 말만 믿고 돈을 주었다가 무엇 주고 뺨 맞는다는 속담처럼 구정물을 내가 몽땅 뒤집어쓰게 됐네, 그려.'

자재부장은 해결책이 막막해 품질관리부 한 부장에게 부리나케 달려갔다. 씩씩거리며 회의실로 그를 데리고 갔다.

"한 부장, 일이 묘하게 돌아가는데 해결책 좀 찾아봅시다."

"무슨 일인데 해결책을 찾자는 겁니까?"

자재부장은 사건의 자초지종을 한 부장에게 들려주었다. 사건 내용을 듣고 난 한 부장은 피식피식 웃었다. 자재부장은 겁을 잔뜩 집어먹고 전전긍긍(戰戰兢兢)했다.

"한 부장, 지금 웃어넘길 일이 아닙니다. 오 상무 태도가 너무나 완강해 사태가 심각합니다."

"자재부장, 오 상무한테 대백직물이 원단을 납품하지 않으면 직물 생산을 중단해야 한다고 엄포를 놓으면 간단히 해결되지 않겠소?"

"오 상무가 그런 잔꾀에 넘어갈 만큼 어리숙한 사람이 아닙니다."

"그거야 생산부장과 적당히 입을 맞추면 속을 수밖에 없지요."

"오 상무를 너무 얕보는 거 아니요?"

자재부장은 고개를 연신 갸웃거렸다. 하지만 오 상무가 대백직물의 납품 중지 지시를 철회케 할 뾰족한 방법이 없어 가슴이 터질 지경이었다.

자재부장은 오 상무에게 대백직물의 납품 중지를 철회해 달라고 섣불리 건의했다가는 더 큰 오해를 살지 몰라 결단을 내릴 수 없었다.

자재부장은 물에 빠진 사람이 지푸라기라도 잡는 심정으로 생산부장을 찾아가 협조를 부탁하기로 했다. 하지만 생산부장이 부탁을 선뜻 들어줄지 의문이었다. 그동안 자재 입고 지연이며 잦은 불량품 발생으로 개와 원숭이처럼 서로 으르렁대고 싸운 적이 많아 사이가 별로 좋지 않았다. 그런 관계인데 불쑥 나타나 아쉬운 소리를 하면 어떤 반응을 보일지 몹시 궁금했다.

생산부장은 잘 찾아오지 않던 자재부장이 사무실에 나타나자 의아한 눈길을 주며 빈정거렸다.

"자재부장께서 누추한 생산부 사무실을 다 찾아오다니 해가 서쪽에서 뜨겠습니다."

"아니, 못 올 데를 온 사람처럼 무안을 줘야 속이 시원하겠습니까?"

"공장장이 바뀌더니 자재부장 생각이 달라진 모양이네요?"

"생산부장님, 그동안 아웅다웅 싸운 건 다 공장 잘 되자고 한 짓이니 싹 잊으시고 이제부터라도 화기애애하게 지냅시다."

"그런 뜻으로 찾아오셨다면 백 번 환영하지요."

생산부장이 말투를 바꿔 부드럽게 대하자 자재부장은 잠깐 밖으로 나가자고 생산부장의 팔을 잡아끌었다. 사무실에서 나온 자재부장은 공장 뒤편 한적한 곳으로 생산부장을 데리고 갔다.

"생산부장님, 혹시 오 상무가 대백직물이 납품을 중단할 경우 생산에 차질이 발생하느냐고 물으면 당연하다고 대답해 주십시오. 부탁입니다."

"어? 조금 전에 오 상무가 직물 원단 재고를 며칠 분이나 비축하느냐고 묻기에 15일분은 항상 확보한다고 대답했는데요."

"대백직물 얘기는 하지 않았나요?"

"물론 대백직물이 당분간 납품을 중단해도 생산에 차질이 발생하지 않느냐고 묻기에 걱정하지 말라고 안심시켜 드렸습니다."

"그래요? 아이고! 이걸 어쩌나?"

자재부장은 아주 친한 사람이 비명횡사한 것처럼 놀라자빠졌다. 자재부장은 오 상무가 선수를 칠 줄은 꿈에도 생각하지 못했다.

오 상무를 섣불리 대했다가는 큰코다치겠구먼. 역시 용의주도하고 머리 회전이 놀랍구먼. 전임 공장장하고 비교하면 천양지판에 백전노장(百戰老將)이야! 염병! 감당이 불감당이네!

자재부장은 첫 번째 작전뿐 아니라 두 번째 작전에서도 완패당하자 이번에는 새로운 방법을 찾아내기로 했다. 이번만은 오 상무가 쉽게 포위망에서 빠져나가지 못할 거라고 확신했다.

자재부장은 오 상무한테 돌려받은 돈 500만 원을 길 사장 은행 계좌에 입금했다. 이어서 자재부장은 납품을 철회하도록 오 상무에게 압력을 넣을 만한 사람은 노조 위원장밖에 없으니 그를 만나 보라고 길 사장에게 권유했다.

"밑져봤자 본전이니 내가 은밀히 노조 위원을 만나 도움을 요청해 보겠습니다."

"길 사장님, 절대로 내가 시켰다고 발설하면 안 됩니다."

"나 한두 살 먹은 애가 아니니 그런 걱정은 하지 마세요."

"오 상무가 기분 나쁘지 않게 그리고 기술적으로 요리해야지 서투르게 해결하려고 덤볐다가는 이번에는 오 상무가 기관단총을 쏘아대 한꺼번에 여러 사람 박살낼지 모릅니다."

"노조 위원장보고 성동격서 작전을 펴라고 할 테니 너무 걱정하지 마세요."

길 사장은 자재부장의 우려를 일축하고는 큰소리를 땅땅 쳤다.

그런데 자재부에 근무하는 강 주임을 통하여 자재부장의 모사 내용이 노 주임의 귀에 들어갔다. 노 주임은 도둑고양이처럼 부리나케 달려가 오 상무한테 그런 움직임을 귀띔해 주었다. 오 상무는 껄껄 웃고는 대수롭지 않게 받아들였다.

"노 주임, 너무 걱정하지 말아요. 사필귀정(事必歸正)이라고 정의와 진실은 반드시 승리하는 법이요."

"상무님, 자재부장을 만만하게 보시면 안 됩니다. 공장에서 10년 동안 근무하면서 자재부를 5년이나 맡았습니다."

"그 사람 발악하다가 제물에 지쳐 시궁창에 빠질 테니 두고 보시오."

"무슨 말씀인지 잘 알겠습니다."

다음날 오 상무는 출근하자마자 10시쯤 품질관리부 한 부장과 노 주임을 그의 방으로 불렀다.

그런데 노 주임은 그때까지 출근하지 않아 한 부장 혼자 오 상무 방으로 달려왔다.

"노 주임은 왜 안 옵니까?"

"아무 연락도 없이 출근하지 않았습니다."

"그래요? 그 친구 평소에도 자주 결근하거나 지각합니까?"

"그런 적이 별로 없었습니다."

"그럼 지금 노 주임 집에 연락하세요."

"알겠습니다."

한 부장은 사무실로 돌아가 노 주임 집으로 전화를 걸었다. 아무리 신호를 보내도 전화를 받지 않자 한 부장은 오 상무 방으로 다시 돌아왔다. 오 상무는 일그러진 한 부장의 얼굴을 보고 다급하게 물었다.

"노 주임, 전화 받던가요?"

"전화 안 받습니다."

"이 친구 회사 출근하지 못하면 전화하는 건 기본 예의인데 저좋을 대로 행동하는구먼?"

"노 주임 그 사람 원래 천방지축(天方地軸)입니다."

"부하직원 잘 두었습니다."

오 상무는 빈정거리고는 한 부장에게 노 주임이 출근하면 자기한테 즉시 보내라고 일렀다.

11시가 조금 넘자 노 주임이 사무실에 나타났다.

그는 왼쪽 눈에 안대를 둘렀다. 눈 근처가 시퍼렇게 멍이 들어 볼썽사나웠다.

노 주임은 한 부장에게 늦어서 미안하다고 사과하고는 자리에 앉았다. 한 부장은 왜 다쳤냐고 묻지도 않고 빨리 오 상무한테 가

보라는 말만 하였다.

노 주임은 마지못해 자리에서 일어나 공장장 방으로 갔다. 방에 들어서자 오 상무는 노 주임의 얼굴을 잠시 눈여겨보다가 입을 열었다.

"어떻게 하다 다쳤소?"

"…"

노 주임은 대답 대신 손을 앞으로 모아 쥐고 죄를 지은 사람처럼 머리만 조아렸다.

"무슨 일로 다쳤냐니까요?"

오 상무의 매서운 추궁에 노 주임은 떨리는 목소리로 변명을 늘어놓았다.

"죄송합니다. 마실 줄 모르는 술을 너무 많이 마셔 실수를 했습니다."

"누구와 마셨습니까?"

"…"

오 상무가 심문하듯이 묻자 노 주임은 바짝 긴장했다. 노 주임은 거짓말을 했다가는 꾸중을 들을까 봐 솔솔 털어놨다.

"다른 부서 친구들하고 마셨습니다."

"그들이 누굽니까?"

"생산부 오 주임 자재부, 정대리 그리고 노조 위원장하고 함께 술 마셨습니다."

"그 사람들하고 평소에도 자주 어울렸습니까?"

"어쩌다 만나긴 했지만 자주 만나지는 않았습니다."

오 상무는 집요하게 물었다. 그의 눈빛은 예사롭지가 않았다.

"그들이 먼저 만나자고 노 주임에게 연락했지요?"

"그렇습니다."

"그들이 노 주임의 혁신 활동에 불만을 품고 시비를 걸었지요?"

"…."

오 상무가 사건 전모를 파악하고 유도신문 하는 줄 알고 노 주임은 자초지종(自初至終)을 털어놓았다.

어제저녁 퇴근하기 전에 노조 위원장이 노 주임에게 전화를 걸어왔다. 오랜만에 조용한 데서 저녁이나 먹자며 함께 차를 타고 나가자고 꼬드겼다.

노 주임은 퇴근 시간에 맞춰 공장 정문으로 나갔다. 대기 중인 노조 위원장 차에는 생산부 박 주임과 자재부 정 대리가 타고 있었다. 그들은 시내로 들어가지 않고 시외로 차를 몰았다. 도착한 곳은 한 번도 가보지 않은 솔밭 가든이라는 음식점이었다.

노조 위원장은 자리에 앉자마자 각자 앞에 놓인 잔에 소주를 가득히 부었다. 노조 위원장은 소주잔을 단숨에 비우더니 노 주임에게 시비조로 말했다.

"노 주임, 너 요새 하는 일이 영 마음에 안 들어."

노조 위원장이 반말로 노 주임을 힐난했다. 노 주임은 무슨 말인가 몰라 노조 위원장의 얼굴을 빤히 바라보았다.

"내 말이 뭔 뜻인지 모르겠어?"

"모르겠는데."

노 주임은 불쾌하다는 듯이 반말로 대꾸하였다.

"노 주임, 너 말이야. 오 상무가 현장 사원들 달달 볶아 먹으려고 설쳐대는 것 눈으로 똑똑히 봤지? 그런데도 노조 조직부장이란 놈이 앞장서서 천방지축으로 날뛰는데 그게 노조 간부가 할 일이냐고?"

생산부 박 주임이 눈을 치켜뜨고 일갈을 했다. 노 주임은 싱긋이 웃고는 당당하게 맞섰다.

"박 주임, 너 나한테 충고하는 거냐? 협박하는 거냐?"

"노조 조직부장이면 혁신 활동을 하지 못하게 오 상무를 말려야지. 이 새끼야."

노조 위원장이 욕을 섞어가며 노 주임을 맹렬히 비난했다. 노 주임은 입술을 비틀더니 노조 위원장의 부아를 돋웠다.

"나, 출세 좀 하려고 공장장에게 아부한다. 왜? 뭐가 잘못됐냐?"

"출세? 네가 성하직물에서 출세하면 이사가 되겠냐, 사장이 되겠냐, 이 멍청아! 나를 봐라. 뼈 빠지게 20년을 근무했어도 지금까지 대리 아니냐?"

자재부 정 대리가 입가에 쓴웃음을 물으며 반박했다. 그는 올해 마흔두 살로 대리로 승진한 지 일 년 남짓했다.

"정 대리요, 나는 그렇게 생각하지 않습니다. 우리도 앞으로는 노력하면 과장도 되고 부장까지 승진할 기회가 온다고 믿습니다."

"노 주임, 꿈 깨라! 꿈 깨!"

정 대리가 야유 섞인 투로 말했다.

"나는 내 소신대로 활동할 테니 당신들 × 꼴리는 대로 하라고."

노 주임은 그들의 압력에 굴복하지 않고 욕설로 응수했다. 충고도 협박도 먹혀들지 않자 노조 위원장이 노 주임에게 한 가지 조건을 내걸었다.

"네가 출세하려고 바둥거리는 건 좋은데 그 대신 노조 조직부장에서 사퇴해라. 그러면 입 아프게 이따위 개소리는 하지 않겠다."

"나는 목에 칼이 들어와도 사퇴하지 않는다!"

노 주임은 단칼에 거절했다.

"너, 이 새끼, 끝까지 버티면 오늘을 네놈 제삿날로 만들어 주마."

"이 개자식들 죽으려고 환장했구먼!"

노 주임이 이를 뿌드득 갈며 주먹을 불끈 쥐고 맞섰다. 노조 위원장이 소주병을 들어 노 주임에게 던졌다. 소주병이 노 주임의 어깨를 스쳐 지나갔다. 노 주임은 자리에서 벌떡 일어나 노조 위원장에게 달려들었다. 그때 박 주임이 주먹으로 노 주임의 눈두덩이를 쥐어박았다. 노조 위원장은 노 주임 얼굴에 주먹을 연신 날렸다. 노 주임은 머리로 두 사람을 들이받고는 술상을 들어 그들 앞에 내던졌다.

그 길로 노 주임은 음식점에서 뛰어나와 택시를 불러 타고 집으로 돌아왔다. 세수하려고 화장실에서 거울에 얼굴을 비춰 보니 동공이 뻘겋게 충혈되었고, 눈두덩이가 시퍼렇게 멍들어 보기 흉했다.

집단 폭행

노 주임은 이야기를 다 마치고는 오 상무에게 고개를 숙였다.

"오 상무님, 죄송합니다. 제 성격이 원래 다혈질이라서 아니꼬운 꼴은 죽어도 못 봅니다."

"나쁜 놈들! 회사에 폭력배들이 우글거리는구먼!"

오 상무는 화를 버럭 내고는 인터폰으로 관리부장을 호출했다. 이어서 노조 사무실로 전화해 노조 위원장을 불렀다.

"노 주임, 알았으니 그만 가서 일해요."

"오 상무님, 심려를 끼쳐 죄송합니다."

오 상무는 조직적으로 반발이 일어나는 조짐이 보여 당혹스러웠다. 이런 저항이 단지 노조 차원이라면 해결이 수월하겠지만, 간부들의 사주로 일어났다면 심각한 문제가 아닐 수 없었다.

점령군 사령관처럼 치명적인 무기로 단숨에 제압할까? 아니면 설득하고 이해를 구하며 타협의 길을 택할까? 나도 성하직물에서 언제 떠날지 모르는데 굳이 피바람을 일으킬 것까지는 없지.

잠시 뒤 관리부장이 작업복 지퍼를 올리며 공장장 방으로 들어섰다.

"관리부장, 거기 앉으시오!"

오 상무는 관리부장이 자리에 앉자 속사포를 쏘듯이 질문했다.

"어제저녁에 노조 위원장하고 생산부 박 주임, 자재부 정 대리가 품질관리부 노 주임을 집단 구타한 사실 아시오?"

"그게 무슨 말씀입니까?"

"다름이 아니라 노 주임이 혁신 활동에 선봉장 역할을 하니까 노조 위원장이 노골적으로 방해공작을 펼치는데 이를 막을 좋은 방법이 없겠소?"

"글쎄요. 지금까지 사원들 사이에 집단 폭력사태는 일어난 적이 없는데 진상 파악을 해서 보고 드리겠습니다."

관리부장은 골치가 아픈지 미간을 찌푸렸다. 오 상무는 격앙된 감정을 주체하지 못했다.

"관리부장, 이 자식들을 어떻게 조치하면 좋겠소?"

"노조 위원장은 오 상무님이 불러서 협조를 구하고, 다른 친구들은 부서장을 통해서 경고처분 하시지요."

"노조 위원장한테 내가 협조를 구하란 말에요?"

"노사 갈등을 풀려면 때때로 사용자 측의 양보와 타협이 필요합니다."

"양보? 타협이라…."

오 상무는 곤혹스러운지 말끝을 흐렸다. 오 상무는 한참 동안 고민하다가 엉뚱한 질문을 던졌다.

"관리부장, 간부 사원들이 나한테 불만이 많죠?"

"…."

관리부장은 유도신문에 걸려들지 않으려고 선뜻 입을 떼지 않았다. 오 상무는 답답한지 관리부장의 속마음을 슬쩍 떠보았다.

"관리부장, 당신은 다른 부장 편을 들자니 내 눈치가 보이고, 내 편을 들자니 부장들한테 욕을 먹는 게 두렵고, 한 마디로 진퇴양난이지요?"

관리부장은 싱긋이 웃더니 에둘러 오 상무를 비판했다.

"적자를 줄이려는 오 상무님의 충정은 충분히 이해합니다. 하지만 혁신 활동이란 자발적으로 해야 효과가 나지 않나요?"

"맞는 말입니다."

"그런데 상무님이 조자룡 헌 칼 휘두르듯이 마구 흔들어대니 여기저기서 불만이 터져 나올 수밖에 없지요."

"그럼 나는 부처처럼 조용히 자리만 지킬 테니 관리부장을 비롯한 간부들이 앞장서서 혁신 활동을 추진하겠소? 그렇게 해 준다면 내가 이렇게 앞장서서 설칠 이유가 하나도 없지요."

"…"

오 상무의 반론에 관리부장은 대안을 제시하지 못했다. 오 상무는 노조에 행태에 대해서 노골적으로 우려를 표하였다.

"앞으로 더욱 강도 높은 혁신 활동을 추진하면 노조에서 나까지 테러하지 말라는 법이 없겠소."

"…"

오 상무의 극단적인 우려에 관리부장은 묵묵부답이었다. 무사안일이 몸에 밸 대로 밴 탓에 관리부장은 혁신 활동을 해도 그만, 안 해도 그만이었다.

오 상무는 좋은 기회를 만났다는 듯이 공장장 자리까지 걸고 혁신 활동을 추진하겠다는 뜻을 분명히 밝히었다.

"관리부장, 혁신 활동을 추진하려니까 간부 사원, 노조 똘똘 뭉쳐 방해공작을 펼치는데, 나는 절대 물러서지 않을 거요. 오래된 일이지만, 4·19 혁명이 발발하자 이승만 대통령은 하와이로 망명 가기 전에 '국민이 원하면 대통령직에서 하야하겠다.' 선언했습니다. 끝내 직물공장 전 사원들이 따라 주지 않으면 나도 미련 없이 떠나겠소."

"…?"

"물론 내가 떠나면 이 공장은 문을 닫을 확률이 99%이요. 공장을 폐쇄하면 상당수 사원이 일자리를 잃겠지요. 특히 나이 많은 간부 사원들은 대부분 집에 가서 애를 보겠지요?"

"…"

"우리가 공멸을 피하려면 모두 힘을 합쳐야 합니다. 그런데 간부들이 머리를 맞대고 새로운 아이디어를 짜내도 모자랄 판에, 고작 한다는 짓이 협력업체 사장을 사주하여 돈 봉투로 내 발목이나 잡으려고 모사를 꾸미고, 노조 간부들은 혁신 활동을 저지하려고 동료를 집단 폭행을 하지 않나, 정말로 한심하다 못해 절망감을 느끼오."

오 상무의 분노와 우려가 뒤섞인 질타에 관리부장은 고개를 떨어뜨렸다. 오 상무의 말을 듣고 보니 입이 열이라도 할 말이 없었다.

그때 노조 위원장이 공장장 방으로 들어섰다. 어제 마신 술기운이 아직도 남았는지 그의 얼굴은 불그레했다. 가까이 다가오자 그의 입에서 술 냄새가 풍겨왔다. 역하기 짝이 없었다.

"오 상무님, 부르셨습니까?"

"노조 위원장, 거기 앉으시오."

노조 위원장이 자리에 앉자 관리부장은 자리에서 일어나 공장장 방에서 나가려고 하였다. 오 상무는 관리부장보고 자리에 다시 앉으로라고 하였다. 관리부장이 자리에 엉거주춤하게 앉자 오 상무는 노조 위원장에게 단도직입적으로 물었다.

"어제 술자리에서 노 주임을 왜 두들겨 팼습니까?"

"네? 그게 무슨 말씀입니까?"

노조 위원장은 펄쩍 뛰었다. 오 상무는 구체적인 장소까지 들이대며 추궁하였다.

"어제 퇴근한 후 청솔가든에 끌고 가 노 주임을 집단 폭행했잖소?"

"집단 폭행하다니요? 그런 적 없습니다."

"시치미 떼지 말고 사실대로 말해요. 이미 다 알고 묻는 거요?"

오 상무의 추궁에 노조 위원장은 그럴싸한 변명만 늘어놓았다.

"상무님, 노조 방침과 배치되는 행동을 하지 못하게 혼을 내줬습니다."

"노조 방침과 배치되는 행동이라니, 그게 뭔지 구체적으로 말해 보시오?"

"분임조 활동과 제안 제출 같은 혁신 활동이 노조원들에게 스트레스를 받게 하고 괴로움을 주잖습니까?"

"혁신 활동이 노조원들에게 괴로움을 주다니, 그건 또 무슨 말이오?"

"매일 매일 할당된 제품을 생산하기도 고달픈 판에 혁신 활동에 신경을 쓰는 걸 누가 좋아하겠습니까?"

오 상무는 직설적으로 노조 위원장의 편협한 주장을 반박하였다.

"노조 위원장은 하나만 알고 둘은 모르는 단세포적인 사고를 하는군요."

"단세포적인 사고라니, 듣기 안 좋습니다!"

노조 위원장은 발끈하여 소리쳤다. 오 상무는 차분한 목소리로 혁신 활동의 필요성을 강조하였다.

"인간은 학습하고 창조력을 발휘하지 않으면 조직에서 낙오자가 됩니다. 기업도 역시 혁신을 하지 않으면 정체하든가 퇴보하기 마련이고요."

"생산현장 사원이 그런 데까지 왜 신경을 써야 합니까?"

"혁신 활동이란 기업에서 현재보다 더 나은 방법, 이론, 기술, 환경을 만들어 가는 과정입니다. 그런 활동은 기업의 발전에 공헌할 뿐 아니라 개인의 성장발전에 도움이 되기 때문입니다."

"혁신 활동이 개인의 성장발전에 도움이 된다는 건 하나의 기만입니다."

"기만이라니 그걸 말이라고 합니까? 허허허."

오 상무는 기가 막혀 헛웃음을 터뜨렸다. 노조 위원장이 혁신 활동의 참뜻을 알고 하는 말인지 의문스러웠다.

"노조 위원장, 속담에 선무당이 사람 잡는다는 말이 있소. 혁신 활동을 본격적으로 해보지도 않고 어떻게 그런 판단을 내리는지 참으로 이해하기 힘들구면."

"저도 나름대로 열심히 해보고 내린 결론입니다."

"열심히 했다고 하지만 혁신 활동의 내용이 문제겠지요."

오 상무가 무시하는 투로 말하자 노조 위원장은 입에 허연 거품을 물고 반론을 쏟아냈다.

"혁신 활동이란 회사의 이익을 많이 내자는 운동 아닙니까? 회사에서 이익을 많이 내면 노동자에게 그걸 돌려줄 겁니까? 생산 현장 근로자들이 월급 몇 푼 올려 달라고 요구하면 회사 망한다고 엄살을 부리고 심하면 온갖 방법으로 탄압했잖습니까? 그런 회사를 위해서 우리가 왜? 원가절감이니 생산성 향상 운동에 동참해야 합니까?

오 상무는 노조 위원장을 설득시킬 말을 찾기 위해서 손을 이마에 얹고 한참 천장을 올려다보았다. 노조 위원장을 가능하면 자극하지 않고 설득시킬 말을 찾고 또 찾아보았다.

"노조 위원장, 옛날 옆집 사람이 거름을 지고 장에 가니까 나도 거름을 지고 갔다가 웃음거리가 됐다는 말이 있소. 혁신활동도 남이 한다고 나도 따라서 할 필요는 없소."

"그거야 당연하지요."

"하지만 로비로 납품권을 따거나 권력에 빌붙어 이권을 손에 넣는 등 비정상적으로 기업을 경영하면 결국 망합니다. 요즈음 그런 기업들이 모래성처럼 한순간에 와르르 무너져내리잖소?

이제 기업 구성원들은 기업의 경쟁력을 기르는 데 심혈을 기울여야 합니다. 그렇게 하지 않으면 기업은 생존하기 어렵습니다. 물론 사원들도 의식을 바꾸어 스스로 경쟁력을 갖추지 않으면 조직에서 퇴출당하는 건 시간문제입니다."

"저도 상무님의 말씀에는 크게 동감합니다. 문제는 혁신 활동을 시작할 때에는 공장장님의 의욕이 하늘을 찌를 듯하다가 나중에는 오뉴월에 삼베 바짓가랑이 사이로 보리 방귀 새듯 스르르 사그라지는 걸 수없이 봐 왔습니다. 결국은 현장 사원들만 죽도록 고생하고 얻는 건 하나도 없더군요. 그러니 누가 혁신 활동에 적극적으로 참여하겠습니까?"

"좋은 지적을 해줘서 고맙소. 앞으로 혁신 활동을 전개해 나가는 데 노조 위원장의 의견을 반드시 참고하겠소."

오 상무는 노조 위원장의 솔직한 비판을 진지하게 경청하였다. 오 상무는 대화를 자주 나누다 보면 아무리 복잡하고 풀기 어려운 문제도 해결 가능하다고 확신했다.

오 상무가 말문을 터 주자 노조 위원장은 쌓아두었던 불만들을 쉬지 않고 쏟아냈다.

"그것뿐이 아닙니다. 지금까지 혁신 활동을 한다는 명분으로 사원들의 임금을 동결시키고 복리후생비를 줄이는 등 노조의 입장을 곤경에 빠뜨린 경우를 흔히 보았습니다."

"회사가 어려우면 당연히 노조원도 협조해야지요. 백지장도 마주 들어야 가볍다는 속담처럼 관리직 사원들이나 간부들만 노력해서는 공장 적자를 면하기 어렵지 않습니까?"

"다른 건 몰라도 임금 동결은 절대 받아들일 수 없습니다."

노조 위원장은 목소리를 높여 단호하게 거부했다. 오 상무는 기 싸움에서 절대 지지 않겠다고 같이 목소리를 높였다.

"노조 위원장, 노조원들은 회사원이 아닙니까?"

"물론 회사원들이죠."

"그러면서 희생을 감수할 수 없다니, 그 건 생떼이고 억지 주장입니다."

"그동안 노조원들은 많은 희생을 강요당했습니다. 여기서 더 희생을 감수하라면 죽으라는 것과 다르지 않습니다."

"노조 위원장, 관리직 사원들은 수년 동안 임금을 동결했는데 노조원들은 많지는 않지만 해마다 임금을 인상했더군요. 그런데도 희생당했다고 주장하면 지나가는 개가 웃습니다."

오 상무는 화를 내는 대신 구체적인 사례를 들어가며 노조 위원장의 주장을 반박했다.

"…"

노조 위원장은 오 상무의 논리적이면서 날 선 비판에 입을 닫았다. 오 상무와 논쟁을 벌일수록 자신의 주장이 설득력을 잃어 궁지에 몰릴 우려도 없지 않았다. 오 상무 역시 험한 길일수록 서두르지 말고 돌아가라는 속담을 되새기면서 노조 위원장과의 면담을 마쳤다.

점심시간이 지나자마자 자재부장이 죽상을 하고 오 상무를 찾아왔다. 그는 소파에 앉더니 오 상무에게 애타는 목소리로 하소연했다.

"상무님, 대백직물 사장한테 전화가 왔는데 원단 납품을 중단하면 한 달도 못 가 부도가 난다고 숨넘어가는 소리를 하더군요."

"자업자득(自業自得)이라고, 부도가 나도 할 수 없죠."

오 상무는 협력업체 하나쯤 부도나도 공장 돌아가는 데 전혀 문제가 없음을 간파한 이상 모사꾼들의 엄살에 속지 않기로 마음을 독하게 먹었다. 더 나아가 이 기회에 협력업체와 유착하여 벌어지는 비리를 척결하고 썩어빠진 환부를 아예 도려내기로 작심하였다.

"상무님! 한 번만 봐 주십시오. 대백직물을 부도가 나도록 목을 계속 조르는 건 가혹한 처사 아닌가요?"

"나한테 용돈 하라고 몇백만 원씩 찔러 주는데 회사가 그까짓 납품 몇 번 안 했다고 부도가 나다니, 앞뒤가 안 맞는 말 같소."

"협력업체 대부분이 납품단가가 싼 데다가 근로자 임금이 많이 올라 적자에 허덕입니다."

"자재부장, 지금 우리 코가 석 자인데 남의 회사 걱정할 때가 아닙니다."

"그게 아니라 그만큼 협력업체 경영상태가 어렵다는 말입니다."

"어려운 경영상태를 타개하려고 대백직물이 얼마나 노력을 기울였습니까?"

"물론 지금까지 살아남으려고 피나는 노력을 했지요."

"대백직물을 비롯한 협력업체는 성하직물만 바라보고 무사안일하게 경영했기 때문에 현재 어려움을 겪는 거 아닙니까?"

"오 상무님, 협력업체 관리책임자인 제 잘못으로 빚어진 일이니 저만 문책하십시오. 대백직물 길 사장은 잘못이 없습니다."

오 상무는 자재부장의 통사정이 악어의 거짓 눈물처럼 믿어지지 않았다. 더구나 발 벗고 대백직물을 구제해주려고 목을 매는 이유가 석연치 않았다. 아니, 구차해 보이기까지 했다.

"이번 한 번 만 아량을 베풀어주시면 다시는 이런 불미스러운 실수를 저지르지 않겠습니다."

"그 말을 나보고 믿으라는 말입니까?"

자재부장이 하소연까지 하면서 개과천선을 맹세했지만, 오 상무는 요지부동에 달걀로 바위 치기였다. 자재부장은 맞아 죽으나 굶어 죽으나 죽는 건 매 한 가지라는 심정으로 폭탄선언을 했다.

"상무님, 이번 사건에 대한 책임을 지고 제가 회사를 그만두겠습니다."

오 상무는 자재부장의 말이 진심으로 하는 말인지 아니면 곤경에서 빠져나오기 위한 임기응변인지 분간하기 힘들었다. 오 상무는 자재부장의 엄포성 발언에 얼씨구 잘됐다고 한술 더 떴다.

"좋아요. 그럼 사표 써서 대백직물 길 사장하고 함께 오시오."

"알겠습니다."

자재부장은 손수건으로 목덜미에 흐른 땀을 훔치며 도망치듯 공장장 방에서 나왔다.

성하직물 그만두면 내가 굶어 죽을 줄 아냐? 토영삼굴(兎營三窟)
이라고 회사에서 쫓겨날 걸 대비해 취업할 기업체를 여러 개 물색
해 놓았다.

당장이라도 성하직물에서 잘리면 협력업체 상무이사로 갈 테니
까 자르려면 잘라 봐라. 오 상무 당신 혼자 독야청청(獨也靑靑)해봐
야 어느 놈이 알아줄 줄 아냐? 멍청이 같은 자식!

오 상무는 자재부장이 나간 뒤 품질관리부장에게 최근 3개월 동안
협력업체의 원자재 불량률 집계표를 작성해 갖고 오라고 지시했다.

30분 뒤에 노 주임이 업체별 불량률 집계표를 작성해왔다. 오 상
무는 그 자료를 꼼꼼히 살펴보았다. 역시 대백직물의 불량률이 제
일 높게 나타났다.

여기저기에 돈이나 뿌리고 요정이나 드나드는 등 엉뚱한 데에 돈
은 펑펑 써대더니 품질관리는 역시 엉망진창이구먼. 떡 본 김에 제
사 지낸다고 이번에 협력업체 품질관리 시스템을 확 뜯어고치는 계
기로 삼아야겠어!

노 주임이 나간 뒤 오 상무는 자재부장에게 전화를 걸었다. 길 사
장에게 연락해 퇴근 시간 전까지 공장장 방으로 오라고 지시했다.

퇴근할 무렵 자재부장과 길 사장이 재판정에 들어서는 죄인처럼 기가 팍 죽어 오 상무를 찾아왔다. 그들은 소파에 앉지 않고 서서 오 상무의 눈치를 살폈다. 오 상무는 먼저 소파에 앉았다.

"두 분 장승처럼 서 있지만 말고 앉으십시오."

"상무님, 죄송합니다. 결례해서."

길 사장은 머리를 조아리며 사과했다. 그의 태도는 요정에서 술을 마시며 기고만장하던 때와는 하늘과 땅 사이였다.

오 상무는 길 사장에게 나직하게 물었다.

"대백직물의 사원이 몇 명이죠?"

"80여 명 됩니다."

"그 사람들 퇴직금은 적립해 놓았습니까?"

오 상무가 아픈 곳을 찔러대자 눈치가 백 단인 길 사장은 우선 죽는시늉부터 했다.

"퇴직금은 고사하고 매일매일 돌아오는 어음 막기도 숨이 벅찹니다."

"회사가 그런 상황인데 요정에서 술 사시고, 그것도 모자라 돈 봉투까지 주시다니 비자금을 넉넉히 마련해 놓은 모양이군요."

"구멍가게 같은 회사에서 비자금을 마련하다니, 꿈 같은 이야기입니다."

"그럼 그런 돈을 무슨 방법으로 마련합니까?"

오 상무는 기업에서 경비를 염출하는 방법을 몰라서 묻는 건 아니었다. 길 사장 입에서 무슨 말이 나오나 들어보려고 물어봤을 뿐이었다.

"상무님, 입이 열이라도 변명의 여지가 없습니다. 다만 세상이 다 돈 놓고 돈 먹기식으로 돌아가는 판에 제 회사만 원리 원칙을 고수하다간 쫄딱 망하기 딱 좋습니다."

길 사장은 겸연쩍게 웃었다. 자신의 말이 떳떳하지 못함을 스스로 인정하는 웃음이었다.

"상무님, 딱 한 번 만 눈감아 주십시오."

길 사장의 태도는 비굴하다 못해 연민을 자아내기까지 했다.

오 상무는 대백직물에서 납품한 원단의 6개월간 불량률 밑에 빨간 줄을 친 뒤 서류를 길 사장 앞에 내밀었다.

"그 서류를 보면 앞으로 사장님이 중점적으로 관리해야 할 일이 뭔가 아실 겁니다."

길 사장은 오 상무가 내민 서류를 들여다보더니 뚱딴지같은 말을 내뱉었다.

"우리 회사 불량률이 이렇게 높습니까?"

"사장님, 아래 사람들이 제품 불량률 보고 안 합니까?"

"당연히 보고하지요."

"품질관리 담당자는 두었습니까?"

"우리 회사가 이렇게 불량률이 높을 리가 없는데 이상하네."

길 사장은 불량률 통계가 믿어지지 않는지 고개를 갸웃거렸다.

오 상무는 길 사장에게 면박을 주는 대신 각서를 요구하였다.

"사장님, 과거야 어찌 되었든 앞으로가 문제니까 제가 부르는 대로 받아 쓰시겠습니까?"

"무슨 내용입니까?"

오 상무는 백지 한 장과 볼펜을 내밀고는 길 사장에게 써야 할 내용을 불러 주었다.

1. 3개월 안에 협력업체 중에서 가장 우수한 품질의 원단을 납품한다.

2. 앞으로 어떠한 명목으로든 성하직물 사원이나 간부들에게 돈 봉투를 찔러주지 않는다.

3. 위 사항을 어겼을 때는 즉시 납품 계약을 해지해도 이의를 제기하지 않는다.

오 상무는 각서와 자재부장 사직원을 서류봉투에 넣고는 풀칠을 한 다음 관리부장을 불렀다. 관리부장이 방에 들어서자 자재부장을 대백직물에 품질지도 요원으로 3개월간 파견근무 명령을 내라고 지시했다. 그 순간, 자재부장의 얼굴이 하얗게 변했다.

"자재부장은 당분간 수고 좀 하시오. 사장님은 내일부터 납품을 재개해도 좋습니다."

"상무님, 감사합니다. 정말 감사합니다."

길 사장은 감지덕지 어쩔 줄 몰라 감격 어린 목소리로 말했다. 오 상무는 소파에서 일어나 그만 돌아가라고 길 사장 손을 잡아주었다.

길 사장은 코가 땅에 닿도록 인사하고는 뒷걸음치며 공장장 방에서

나왔다.

전화위복

　　　　다음 날 오 상무가 관리부장과 공장의 구석구석을 돌아보고 사무실로 돌아오는데 생산부장이 헐레벌떡 뛰어왔다.

"상무님, 보고받으셨습니까?"

"무슨 일인데 그렇게 숨넘어가는 소리를 합니까?"

"노조 위원장이 어젯밤 운전하던 중 사고를 내고 병원에 입원했답니다."

"누구한테 들었소?"

"노조 위원장 부인이 연락해 왔습니다."

"상태가 어떻다고 하던가요?"

"구체적인 이야기는 못 들었습니다."

"그럼 관리부장이 병원에 빨리 가 보시오."

"그 친구 술 마시고 또 운전대를 잡은 게 틀림없습니다."

"음주운전을 하다가 사고를 냈으면 중상을 당했을지 모르겠는데요."

"술 마시고 운전대 잡는 놈들은 중상당해도 싸요."

"노조 위원장, 그 사람 누구와 술을 마셨는지 은밀히 알아보세요."

오 상무는 불길한 예감이 들었다. 개인적인 일로 차를 몰다가 사고를 낸 게 아닌 듯했다. 더구나 어제 그를 불러다 노 주임을 집단 구타했다고 질책한 게 마음에 걸렸다. 노조 위원장이 홧김에 술을 마시고 사고를 냈을 가능성도 없지 않았다.

노조 위원장 병문안을 다녀온 관리부장은 사고 내용을 즉시 오 상무에게 보고했다.

"상무님, 음주운전 사고는 아닙니다."

"다행이구먼!"

"그런데 예상한 대로 중상이 맞습니다."

"어디를 얼마나 다쳤기에 중상이란 말이오?"

"왼쪽 정강이뼈가 박살 나고 어깨뼈도 금이 갔답니다."

"저런! 큰일이 났구먼."

오 상무는 혀를 차며 걱정하는 투로 말했다. 관리부장은 한술 더 떴다.

"치료비가 엄청 많이 나올 텐데 엎친 데 덮친 꼴이 됐습니다."

"그게 무슨 말입니까? 노조 위원장 가정 형편이 어렵습니까?"

"그 친구 급여를 반만 집에 가져갑니다."

"그건 또 무슨 말이오?"

"사업하는 형 보증 섰다가 급여를 압류당했습니다."

"그래요? 쯧쯧."

오 상무는 안 됐다는 듯이 혀를 찼다. 오 상무는 노조 위원장을 설득하여 혁신 활동에 끌어들이려는 계획이 차질을 빚게 되자 속이 탔다.

"혁신 활동을 하려면 현장 사원들에겐 강력한 리더가 필요한데 노조 위원장이 저 지경이 되었으니 걱정이구먼."

오 상무의 우려에 관리부장은 오히려 잘 됐다는 식으로 말했다.

"아닙니다. 차라리 저렇게 된 게 천만다행입니다. 그 친구 성격으로 봐 오 상무님이 추진하시는 일을 방해하면 했지 절대 협조할 위인이 못 됩니다."

관리부장은 노조 위원장을 적대자로 보았다. 하지만 오 상무는 반대로 협력자로 보았다.

"그렇지 않아요. 강하게 반대하는 자가 마음을 바꿔 먹으면 적극적으로 참여할 가능성이 더 큽니다."

"오 상무님은 노조 위원장 그 친구를 잘 몰라서 하시는 말씀입니다. 반기업 정서에 철저하게 물들어 타협이나 상생을 모르는 외골

수입니다."

"나는 그렇게 생각하지 않아요. 사람이란 대하기 나름입니다. 가슴을 열어 놓고 진실하게 대하면 언젠가는 상대방도 마음의 문을 열지 말라는 법이 없습니다."

오 상무의 확신에 찬 반론에 관리부장은 속으로 착각하지 말라고 비웃었다.

오 상무는 이틀 뒤에 노조 위원장이 입원한 병원을 찾아갔다. 노조 위원장은 오 상무를 보고 깜짝 놀랐다. 오 상무가 병문안을 올 줄은 꿈에도 생각하지 않았기 때문이었다.

노조 위원장은 몸을 일으켜 앉으려고 안간힘을 썼다. 오 상무는 다가가 그의 팔을 잡아주었다. 몸을 일으킨 노조 위원장은 괴로운지 얼굴을 일그러뜨렸다. 노조 위원장은 한숨을 짧게 내쉬고는 떨리는 목소리로 입을 열었다.

"상무님, 바쁘실 텐데 이렇게 찾아주셔서 감사합니다."

"감사하긴 당연히 찾아와야지요."

노조 위원장은 얼떨결에 오 상무의 손을 꼭 잡았다. 그리고는 사과까지 하였다.

"공장 사정이 어려운데 저까지 심려를 끼쳐서 면목이 없습니다."

"노조 위원장, 공장 걱정하지 말고 치료나 열심히 받으세요."

"공장을 살리려고 애쓰시는데 도와드리지 못해 죄송합니다."

"앞으로 도울 날이 오겠지요."

혁신 활동을 놓고 논쟁할 때 보였던 비협조적이고 도발적인 태도가 아니네. 죽을 뻔하다가 살아나니까 적대적인 행위와 분열을 조장하는 이념적인 편향성에서 벗어나 원만하게 살기로 마음을 바꾸어 먹었나? 사람은 그렇게 쉽게 바뀌는 법이 아닌데 이상하구먼.

오 상무는 노조 위원장에게 빨리 쾌차하기를 바란다는 말을 남기고 의자에서 일어났다.

노조 위원장 부인이 오 상무를 병실 밖까지 따라 나왔다. 오 상무는 발걸음을 멈추고는 그녀에게 돈 봉투를 내밀며 말했다.

"얼마 안 되지만 받아 주십시오."

"애 아빠가 이런 거 절대로 받지 말라고 단단히 일렀습니다."

"공장장인 제가 주는 돈은 받아도 야단치지 않을 테니 걱정하지 마세요."

오 상무의 설득에 그의 부인은 떨리는 손으로 돈 봉투를 받았다.

오 상무는 공장으로 돌아오면서 요행(僥倖)을 바랐다. 고집불통 같은 사람도 진정성을 갖고 인간적으로 대하면 꼭꼭 닫았던 마음의 문을 열지도 모른다고 노조 위원장에게 실낱같은 기대를 걸었다.

오 상무가 공장에 돌아와 잠시 숨을 돌리고 결재 서류를 뒤적거리는데 관리부장이 들어왔다. 그는 오 상무에게 노조 위원장이 사고를 낸 사연을 들려주었다.

"상무님, 노조 위원장이 어제 퇴근한 후에 대백직물 길 사장, 자재부장과 만나 식사를 했답니다."

"왜 세 사람이 만났다고 합디까?"

"대백직물이 납품을 재개하게 되자 노조 위원장이 상무님께 압력을 넣어 해결된 줄 알고 식사자리를 마련했답니다."

오 상무는 관리부장의 보고를 받고 날카로운 눈빛을 번쩍거리며 의혹을 제기하였다.

"그런 자리인데 노조 위원장이 술을 마시지 않았다니, 혹시 문책당할까 봐 철저히 은폐한 거 아닙니까?"

"상무님 말씀을 듣고 보니 음주운전 가능성도 없지 않습니다."

"극비리에 음주운전 여부를 조사해 보세요."

관리부장은 음주운전을 하지 않았다고 허위 보고한 꼴이 되자 난감하기 이를 데 없었다.

'노조 위원장, 이 자식 때문에 미치고 팔짝 뛰겠네. 이 꼴 절 꼴 안 보려면 하루라도 빨리 회사 때려치우는 게 상책이야. 하지만 대책도 없이 회사 그만두면 마누라, 새끼들 굶기 딱 좋잖아?'

오 상무는 보기 민망할 정도로 일그러진 관리부장의 얼굴을 바라보다가 또 다른 질문을 하였다.

"관리부장, 조금 전에 노조 위원장이 나한테 압력을 넣었다고 했는데 그게 무슨 말입니까?"

"그동안 노조 위원장이 협력업체와 성하 직물공장 사이에 분쟁이 생기면 해결사 노릇을 한 적이 많았거든요."

"그러면 직접 대백직물을 봐 달라고 청탁하기 곤란하니까 에둘러 혁신 활동을 물고 늘어지면서 나를 압박했다는 말입니까?"

"노조 위원장 그 친구 흉악한 모사꾼입니다."

"심하면 직물공장 괴물이 되겠구먼?"

'아무래도 노조 위원장의 정체가 불분명해 노사화합을 이루려면 여러 번 난관에 봉착하겠어.

병원까지 찾아가 노조 위원장에 위로금을 주었으니 노조가 무서워서 설설 기는 줄로 오해하고 더욱 기고만장할지 모르겠구먼. 노조 위원장 이 친구 앞에서 도와주는 체하면서 뒤에서는 혁신 활동을 추진하지 못하게 훼방을 놓으면 어떻게 하지?

아니야. 사람은 곤경에 처하면 마음이 약해지기 마련인데 이번 사태를 노조 위원장의 협력을 끌어내는 기회로 삼으면 좋은 결과가 올지 몰라.'

오 상무는 노 주임을 은밀히 사무실로 불렀다. 오 상무는 노조 부위원장 박민정과 함께 노조 위원장을 혁신 활동에 끌어들이는 방안을 찾아보라고 노 주임에게 지시했다.

이틀 뒤 박민정이 과일 주스를 사 들고 노조 위원장이 입원한 병원을 찾아갔다. 노조 위원장은 박민정을 보고 깜짝 놀랐다. 그녀가 병원에 찾아올 줄은 전혀 예상하지 못했다.

박민정은 노조 활동을 하면서 염불보다는 잿밥에 관심이 많은 노조 위원장의 안하무인식 행태에 제동을 자주 걸었다. 그래서 두 사람은 아옹다옹 자주 싸웠다. 그렇다고 노조 위원장은 박민정을 노조에서 배척할 수 없었다. 여사원들 사이에서 가장 신망이 두텁고 리더십이 뛰어나기 때문이었다.

"어! 박민정 부위원장이 웬일이야?"

"같은 박 씨에 노조의 어른이신 위원장님이 병원에 입원했는데 안 찾아올 수 없죠?"

"바쁜데 찾아와서 고맙구먼."

노조 위원장은 싱긋이 웃더니 박민정에게 뚱딴지같은 질문을 했다.

"퇴근한 후에 노 주임하고 요새도 자주 만나나?"

"위원장님은 남의 사생활에 왜 그렇게 관심이 많으세요?"

"두 사람이 자주 만나다 사고를 칠까 걱정돼서 하는 말이야."

"무슨 사고를 쳐요?"

"혼전 임신."

"별놈의 걱정을 다 하네요."

"위원장이 부위원장 걱정 안 하면 누가 하나?"

박민정은 노조 위원장이 노 주임과 자주 만나지 말라고 빙 돌려 압박을 가하는 느낌이 들어 말머리를 얼른 다른 데로 돌렸다.

"노조 위원장님 치료비가 많이 나올 텐데 걱정됩니다."

노조 위원장은 눈을 아래로 내리깐 채 시무룩한 표정을 지었다.

박민정은 한술 더 떠 노조 위원장의 아픈 곳을 폭폭 쑤셔댔다.

"책임보험에만 가입해 자동차 수리비는 위원장님이 거의 다 부담 해야 한다면서요?"

"안 되면 폐차해 버리지 뭐."

"그러나저러나 얼마 동안 치료받아야 완치되나요?"

"마음대로 걸으려면 상당 기간 재활치료를 받아야 한다는데, 하여튼 재수 옴 붙었어."

노조 위원장은 괴로운지 한숨을 후하고 내쉬었다. 박민정은 노조 위원장의 얼굴을 훔쳐보고는 위로해 주었다.

"살다 보면 액운도 따르기 마련이니까 너무 자책하지 말아요."

"이번 기회에 노조 위원장 사퇴할 테니 부위원장이 맡아 줄래요?"

"뭐라고요? 노조 위원장 사퇴를 하다니, 미쳤어요?"

노조 위원장의 폭탄선언에 박민정은 놀라 자빠지는 시늉을 하였다.

"평범한 성하직물 사원으로 돌아가고 싶은 마음이 간절합니다."

"노조 위원장은 아무나 합니까? 위대하신 영도자 박춘길 노조 위원장 없으면 성하직물 노조는 하루아침에 풍비박산 납니다."

박민정이 농담을 섞어가며 만류하자 노조 위원장은 사퇴를 철회하는 대신 대안을 제사였다.

"그렇다면 박 부위원장이 선임이니까 당분간 위원장 직무를 대행해줘요."

"위원장 지시이니까 따르긴 하겠는데 어깨가 무겁습니다."

"회사에서 압력을 거세게 넣더라도 절대 흔들려서는 안 됩니다."

"이래 봐도 박민정은 산전수전 다 겪은 전사에다 필요시에는 불여우로 둔갑하는 재주까지 가진 다용도 인간입니다."

"또 한 모든 일은 항상 노조의 편에 서서 처리하는 게 원칙입니다."

"위원장님, 걱정하지 마십시오. 광야에서 홀로 태풍을 맞아도 흔들리지 않습니다."

"앞으로 성하직물 공장에서 위대한 여걸이 탄생하기를 간곡히 기원합니다."

"역시 박춘길 노조 위원장님하고 부위원장 박민정은 의기투합(意氣投合)에 죽이 착착 맞는군요. 호호호."

박민정은 공장에 돌아오자마자 노 주임을 생산부 휴게실로 불렀다. 박민정은 노조 위원장과 나눈 대화를 그대로 전했다. 반가운 소식에 노 주임 입이 귀밑까지 돌아갔다. 노 주임은 그 길로 오 상무를 찾아가 박민정한테 전해 들은 이야기를 가감 없이 보고했다.

오 상무는 고개를 끄덕끄덕하더니 노조를 중심으로 박춘길 위원장 치료비 모금을 추진하라고 지시했다. 액수는 각자 알아서 내도록 하고 반대하는 사람에게는 절대 강요하지 말라고 강조하였다.

일주일 동안 모금한 액수는 의외로 많았다. 박민정은 사무국장과 모금한 돈을 들고 노조 위원장을 찾아갔다. 박민정이 나타나자 노조 위원장은 반갑게 맞이했다.

"위원장 직무대리님, 바쁠 텐데 병원에 자주 오시네."

"중요한 사항을 보고하러 왔죠."

"중요한 사항이라니 뭡니까?"

박민정은 수표가 든 봉투를 노조 위원장에게 내밀었다. 모금에 협조한 명단이 기록된 노트도 주었다.

"뭘 이리 주섬주섬 줍니까?"

"위원장님, 치료비 하라고 오 상무님 이하 전 사원들이 십시일반 모은 돈입니다."

"아니, 누가 이따위 짓을 하라고 선동했습니까?"

노조 위원장은 수표 금액을 보고 버럭 화를 냈다. 박민정은 생긋이 웃고는 노조 위원장에게 반문했다.

"모금액이 너무 적습니까?"

"그게 아니고…."

"그럼 왜 화를 냅니까?"

"부담스럽잖아요."

"허 참! 위원장님도 내가 결혼하면 축의금 안 내고 입 싹 씻을 작정입니까?"

"물론 축의금은 내야지."

노조 위원장은 화를 내고 보니 미안한지 싱긋이 웃었다. 박민정은 이때다 싶어 노조 위원장의 사 측에 가졌던 적대감을 줄이는 작업에 들어갔다.

"위원장님, 회사 그리고 동료가 참 소중하다는 걸 깨달았지요?"

"물론 성하직물에 안 다녔으면 도움을 받지 못했지요."

"위원장님, 치료받는 동안 할 일이 없을 테니까 우리 성하직물 공장을 되살리는 일이 뭔가 곰곰이 생각해 봐요."

박민정은 농담을 섞어가며 사 측에 협조하라고 에둘러 부탁하였다. 노조 위원장은 박민정의 충고에 거부도 찬성도 아닌 말로 대신했다.

"역시 세상에는 공짜가 없다는 말이 맞는구먼."

노조 위원장이 비꼬는 투로 말하자 박민정은 그의 입을 틀어막으려고 말머리를 오 상무에게 돌렸다.

"아! 참 이번 모금에 오 상무님의 솔선수범이 큰 도움이 됐습니다."

"상무님 보기보다 인간적이시네요."

노조 위원장은 전혀 뜻밖의 말을 듣고 놀란 표정을 지었다. 바늘로 찔러도 피 한 방울 안 나게 생긴 냉혈한 오 상무의 가슴 속에 따뜻한 인정이 숨었을 줄은 꿈에도 생각하지 못했다.

밖에서는 봄비가 부슬부슬 내리는 날이었다.

오 상무는 사원들이 다 퇴근하고 난 텅 빈 사무실을 지키다가 저녁 식사를 하러 식당으로 갔다. 그날따라 오 상무의 발걸음이 유난히 무거웠다. 빨리 회사에서 얻어 준 아파트에서 거주하고 싶었다. 더구나 아침 점심 저녁 세 끼를 공장 밥만 먹는 게 지겨웠다.

하지만 공장을 간부들한테만 맡겨 두기에는 시기상조(時機尙早)이어서 당분간 공장에서 기거하며 불편을 감수하기로 했다.

'대기업 상무이사, 개인 생활을 포기해야 하는 고달픈 자리, 언제라도 보따리를 쌀 각오해야 하는 하루살이 목숨. 개인의 삶을 포기한 채 회사 일에 목을 매 사는 게 과연 행복한 삶일까? 아니야, 일자리가 없어 빈둥빈둥 노는 깡통 중년 남자들이 즐비한데, 배가 부른 타령이지.'

오 상무는 식당에서 나와 기숙사로 올라가기 전에 품질 분임 조원이 기르는 장미 화분 앞에서 잠시 발길을 멈추었다. 오 상무는 그의 분임조 화분에 시선을 주었다. 경비실에서 흘러나오는 전기불빛에 반사되어 장미꽃에 묻은 빗방울이 작은 구슬처럼 반짝거렸다. 그는 허리를 굽히고 장미꽃을 손으로 쓰다듬어주었다. 촉촉이 젖은 장미꽃이 반갑다고 인사하였다.

'상무님, 안녕하세요? 저를 자주 찾아와 예뻐해 주셔서 고마워요.

앞으로 가장 아름다운 꽃을 피워 상무님을 기쁘게 해 드릴 테니 기다리세요.'

'그래, 자주 찾아오마.'

그는 기숙사로 발길을 옮기며 생각했다.

장미든 사람이든 정성을 들여 보살펴야 아름다운 꽃이 피고 훌륭한 사람으로 성장하지. 버려두면 볼품없는 꽃이 피고, 쓸모가 없는 사람이 된다고 믿었다. 기업에서 관심을 보여주고 교육을 하면 부정적인 사원도 긍정적인 사고를 하고 윗사람이나 동료 사원에게 도움을 주기 마련이라고.

오 상무는 혁신 활동에 대한 저항이 수그러들자 그동안 보류해 두었던 조직개편을 전격적으로 단행했다.

품질관리부를 혁신팀으로 개편하고 관리부를 공장 지원팀으로 명칭을 바꾸면서 자재부를 흡수 통합했다. 품질관리부 한상춘 부장은 본사로 전보 발령을 냈고, 손철재 자재부장은 또 다른 비리가 발각돼 사직했다.

조직개편도 완료하고, 적재적소에 사원을 배치하자 공장 분위기가 그전보다 활기에 넘치면서 사원들의 의식이 변해 가는 조짐이 보였다.

품질관리부장 대신 본사 경영혁신팀에서 온 문상문 혁신팀장이 분임조 발표대회 프로그램을 작성해서 오 상무한테 결재를 받으러 왔다. 오 상무는 계획서를 꼼꼼히 읽어보고는 그에게 몇 가지 질문을 했다.

"전체 분임조 중에서 몇 개 팀이나 발표대회에 출전할 계획입니까?"

"현재 예상으로는 12개 팀이 신청했습니다."

"25개 팀은 발표하지 못하는데 그 팀들도 참여하는 프로그램을 마련했으면 좋겠는데 방법이 없겠소?"

오 상무의 주문에 문 팀장은 좋은 생각이 떠오르지 않는지 얼른 대답하지 못했다. 오 상무는 한 가지 제안을 내놓았다.

"문 팀장, 이번 대회 명칭을 분임도 발표대회라고 하지 말고 '우리 자랑대회'라고 바꾸는 게 어떻겠소. 자랑대회에 출전하지 않는 팀은 분임조 전원이 합창하도록 프로그램을 바꾸는 게 어떻겠소?"

"그러면 악단을 불러야 할 텐데요."

"그렇게 하세요. 내가 본사와 그룹 비서실에서 행사비를 듬뿍 받아 낼 테니 푸짐한 상품을 준비해서 분임조에 고루고루 나누어주세요."

"그러면 축제나 마찬가지겠군요."

"요새 젊은 사람들은 딱딱한 분위기를 싫어하니까 신나고 재미 난 대회로 꾸며 보세요. 그러니까 1부는 혁신 활동을 발표하고, 2 부는 합창 경연대회로 계획을 수정하세요."

"알겠습니다."

"그리고 혁신 활동 발표에 참여한 분임조에 주는 상금이 적으니 올리세요."

"얼마나 더 올릴까요?"

"혁신 활동을 발표하지 않는 분임조원들이 놀라자빠지게 대폭 올리세요."

"무슨 말씀인지 잘 알겠습니다."

"분임조 발표대회에서 3등까지 입상한 분임조는 해외여행을 보내주세요."

"예산이 적지 않게 들 텐데요."

"그 정도 돈 쓴다고 와르르 공장 무너지지 않습니다."

한 달 뒤에 치러진 '우리 자랑대회'는 열띤 분위기를 만들어 냈다. 간부들과 현장 사원들이 한데 어울려 한 덩어리가 된 그야말로 신나는 축제였다. 특히 분임조 활동이라면 눈에 불을 켜고 반대하던 노조 위원장이 단상에 올라가 대회 분위기를 한껏 고조시켰다.

"저는 분임조 활동을 하나의 노동력 착취 수단으로 오해했습니다. 그러나 분임조 활동이 우리의 일터에 활력을 불어넣고, 의사소통을 원활하게 하는 수단이고, 닫힌 마음을 활짝 열게 한다는 사실을 깨달았습니다. 그뿐만 아니라 우리의 사고를 유연하게 만들어 창의력을 길러주는 좋은 수단이라는 걸 새삼 알았습니다.

우리 모두 지금보다 더 적극적으로 혁신 활동에 참여해 신바람 나는 일터, 일할 맛 나는 공장을 만들도록 힘을 모읍시다.

끝으로 이런 신나고 가슴 벅찬 대회를 마련해 주신 오인강 상무님께 우리 모두 힘찬 박수를 보내십시다!"

오 상무는 '우리 자랑대회'를 성대히 마치고 10%대에서 맴돌던 제품 불량률이 점점 줄어 5%대로 감소하자 자신감을 가졌다.

오 상무는 간부들을 모인 자리에서 불량률을 계속 떨어뜨리고 제품 경쟁력을 높이는 방안을 물어보았다.

"지원팀장은 어떻게 하면 좋겠소?"

"사원들에게 계속 정신교육을 하고, 품질관리 기법을 교육하는 방법밖에 없습니다."

"음, 품질은 기본이 중요하니까 교육은 필수 조건입니다."

오 상무가 고개를 끄덕이며 동의했다. 이어서 문상오 혁신팀장이 입을 열었다.

"그것보다는 제품 90% 이상을 수출하기 때문에 국제적인 품질보증 체제를 구축하는 게 가장 좋은 방안이 아닌가 합니다. 다시 말해 ISO(International Organization for Standardization) 인증을 획득하는 게 훨씬 효과적일 것 같습니까?"

"아직 성하물산 수출부에서 요청이 없는데 굳이 많은 돈과 인력을 투입해서 그런 인증을 받을 필요가 없다고 봅니다."

생산부장이 반대하자 혁신팀 문상오 팀장이 반론을 제기했다.

"생산부장님, 물 들어왔을 때 노 젓는다는 말처럼 혁신 활동에 불이 붙었을 때 인증을 추진하는 게 좋습니다."

"숨 좀 쉬면서 일합시다. 생산하기도 벅차 죽겠는데 또 뭘 추진하겠다는 말입니까?"

생산부장이 눈을 치켜뜨고 문 팀장에게 항의하듯이 말했다.

"부장님, 생산부의 애로는 충분히 알겠습니다. 하지만 우리 공장은 변화에 너무나 둔감합니다. 다른 사람들이 걸을 때 우리는 뒷짐 지고 제자리 걷기만 했습니다. 지금 이 시점에서 죽을 힘을 다하여 뛰지 않으면 생존을 보장받지 못합니다."

문 팀장이 과거를 들먹거리며 설득하려고 들자 생산부장이 맞받아쳤다.

"그런 소리 하지 마요. 우리도 피나게 노력했습니다."

"놀은 건 아니지만 현재 적자투성인데 입이 열이라도 할 말이 없잖습니까?"

"당신 그 말 다 했소?"

생산부장이 수첩으로 탁자를 내려치며 소리쳤다. 마침내 감정싸움으로 번질 기미가 보이자 오 상무가 생산부장을 타일렀다.

"생산부장, 어려움이 많더라도 ISO 인증은 조속히 받아야 합니다."

"물론 적자를 내는 이상 혁신 아니라 혁명이라도 해서 공장을 살려야겠지요. 하지만 쥐도 도망갈 구멍을 봐가며 몰아붙이라고 궁지에 몰리면 고양이를 물고 맙니다. 한마디로 생산현장 사원들은 기계가 아니란 말입니다!"

생산부장이 ISO 인증을 받는 걸 극렬히 반대하자 오 상무는 문 팀장에게 다시 한번 단호한 목소리로 지시했다.

"문 팀장 이런 인증은 경쟁사보다 하루라도 빨리 획득해야 희소가치를 발휘하니 즉시 추진 계획서를 올리시오."

"상무님, 지시대로 계획서를 올리겠습니다."

오 상무는 간부 사원들에게 회의실로 자리를 옮겨 ISO 교육용 비디오를 보라고 지시했다. 오 상무의 지시를 받고 간부들은 회의실로 자리를 옮겼다. 비디오 내용은 선박케이블을 생산하는 중소기업에서 ISO 인증을 받게 된 동기와 그 과정을 그린 코믹한 단막극이었다.

짝사랑의
힘

5월의 햇살이 눈부시었다.

주식회사 한동전선 강동천 대리는 호텔에서 픽업해 온 하세인을
상담실로 안내했다. 하세인은 선박케이블을 수입하려고 중동에서
온 바이어였다. 계약 예정 금액은 1,000만 달러로 한동전선 1년
매출액의 3분의 1에 해당하는 엄청난 금액이었다.

'간 쓸개를 다 빼주든지 다리를 잡고 늘어지든지, 계약을 무조건
체결해야 해. 이런 기회는 결코 쉽게 오지 않아.'

강 대리는 영업부 수출과 여사원 방현숙이 가져온 오렌지 주스를 한 모금 마시고는 상담에 들어갔다.

하세인은 제품 안내서를 한참 들여다보더니 대뜸 ISO 9000 인증을 받았느냐고 물었다. 강 대리는 KS 인증을 받았는데 ISO 인증이 꼭 필요하냐고 되물었다.

하세인은 물론이라면서 강 대리가 ISO 9000에 대해서 모르는 줄 알고 메모지에 INTERNATIONAL ORGANIZATION for STANDARDIZATION(국제표준화기구)을 큼직하게 써서 보여주었다.

강 대리가 교육을 받아서 ISO 인증 잘 안다고 대꾸하자 하세인은 ISO 9000 인증을 받지 않았으면 계약체결을 할 수 없다고 고개를 살랑살랑 흔들었다.

'이 자식! 지금 와서 새삼스럽게 생트집을 잡는 이유가 뭐지? 가격을 더 후려치려고 술수를 부리는 거 아냐? 어제저녁에 호텔에 재워 주면서 이쁜 계집년 붙여 주지 않았다고 기분 나빠서 애를 먹이나? 그렇게 치사한 놈으로 보이지 않는데, 이 자식이 끝까지 고집하면 1,000만 달러가 홀라당 날아갈 텐데 미치고 팔짝 뛰겠네.'

강 대리는 하세인의 의중을 떠보기 위해서 ISO 9000 인증이 없으면 정말 계약이 곤란하냐고 재차 물었다. 하세인은 당연하다고 망설임 없이 대꾸했다.

강 대리는 눈앞이 캄캄했다. 거대한 성이 와르르 무너져내리는 것처럼 허망하기 짝이 없었다. 사장 앞에서 계약을 체결하는 데 전혀 문제가 없다고 큰소리를 땅땅 쳐놨는데 완전히 허위보고를 한 꼴이 돼 입안이 바싹바싹 탔다.

부장은 오늘따라 지방에 출장을 갈 건 뭐야?

영업부장은 내수판매 분야에서만 잔뼈가 굵어 왔기에 영어가 짧아 외국인 앞에서는 꿀 먹은 벙어리였다. 해외에서 바이어가 찾아오면 잠깐 인사만 나누고 이 핑계 저 핑계 대고 빠져나가기 일쑤였다. 한마디로 부장은 수출 상담에 전혀 도움이 안 되는 작자였다.

강 대리는 고민 끝에 하세인 보고 잠깐 기다리라고 하고는 헐레벌떡 사장실로 뛰어갔다. 죽상을 하고 나타난 강 대리를 보고 사장은 심상치 않은 일이 발생했음을 감지하고 넌지시 물었다.

"강 대리, 얼굴이 왜 그렇게 일그러졌나?"

"사장님, 심각한 문제가 발생했습니다."

"심각하다니 도대체 그게 뭔가?"

"하세인이 ISO 9000 인증을 받았냐고 묻길래 아직 받지 않았다고 했더니 계약을 체결하지 못하겠다고 뒤로 발라당 나자빠졌습니다."

"1,000만 달러어치나 수입해가는 바이어가 그런 조건 내걸지 않으면 오히려 그게 이상하지."

사장은 이미 예견했다는 듯이 태연하게 대꾸했다. 강 대리는 죄 지은 사람처럼 빌었다.

"사장님, 계약에 차질이 발생해서 죄송합니다."

"이런 걸 대비해 연초에 공장에서 회의할 때 ISO 인증을 받으라고 공장장에게 지시했는데 지금까지 차일 필 미루더니 꼴좋게 됐구먼."

사장은 비 맞은 중처럼 혼자 구시렁거리고는 눈을 지그시 감았다. 강 대리는 죄인이나 된 것처럼 숨을 죽인 채 사장 눈치만 살폈다. 사장은 감았던 눈을 뜨더니 강 대리에게 엉뚱한 지시를 내렸다.

"강 대리, 우선 하세인을 공장에 데리고 가서 생산시설을 둘러보자고 제안해 봐요. 그러면 생각이 달라질지도 몰라요."

"사장님, 공장 방문보다는…."

"강 대리 내 말 더 들어봐!"

사장은 눈을 부라리며 소리쳤다. 강 대리가 흠칫 놀라자 사장은 목소리를 낮춰 공장에 데리고 가라고 하는 이유를 알아듣게 설명해 주었다.

"공장을 보여주고 나서 하세인에게 최단 시일 내에 ISO 인증을 받겠다고 설득을 시켜요. 그러면 우리 안을 받아들일지 몰라요. 국내에 선박케이블을 생산하는 업체 중에 ISO 인증을 받은 회사가 없으니까 계약을 체결할 가능성이 커요."

"사장님, 무슨 말씀인지 잘 알았습니다."

"강 대리, 내 차로 하세인을 모시고 갔다 와요."

강 대리는 상담실로 돌아와 하세인 보고 공장에 가서 우선 생산 시설을 돌아보자고 제의했다. 하세인은 잠시 머뭇거리더니 좋다고 고개를 끄덕였다.

강 대리는 상담실에서 나와 같은 수출과 여사원 방현숙에게 공장에 다녀올 테니 늦더라도 퇴근하지 말라고 일렀다. 방현숙은 알았다고 고개를 끄덕이고는 잘 다녀오라고 손을 가볍게 흔들었다.

밖에 나와 보니 5월의 싱그러운 햇살에 눈이 부셨다. 가벼운 여름 옷차림으로 거리를 활보하면서 몸매를 과시하는 여자들이 눈에 자주 띄었다. 쭉 뻗은 다리, 육감적인 엉덩이, 풍만한 가슴, 화려한 색상의 나비 날개 같은 옷. 하세인은 창문을 열어젖힌 채 줄곧 거리의 풍경에 시선을 주었다.

강 대리는 털이 수북이 난 하세인 옆얼굴을 훔쳐보다가 한국 여자들이 예쁘냐고 물었다. 하세인은 "VERY, VERY."를 연발하면서 허연 이를 드러내고 씩 웃었다. 그 웃는 모습이 어찌나 음탕한지 소름이 돋을 정도였다.

두 사람은 한 시간여 남짓 고속도로를 달려 공장에 도착하였다.

회의실에서 품질보증부 오 차장이 생산 능력, 품질보증 시스템

등 공장 현황을 간단히 설명하였다. 설명이 끝난 뒤 품질보증 오 차장이 하세인을 생산현장으로 안내하였다.

하세인은 생산현장을 돌아보면서 "VERY GOOD!"을 연발하였다. 예상과 달리 큰 규모와 자동화된 최신설비, 청결하고, 정리정돈이 잘된 공장이 마음에 쏙 드는 모양이었다.

다시 회의실로 돌아온 강 대리는 하세인에게 연말까지 ISO 9000 인증을 받는 조건으로 계약을 체결하자는 타협안을 제시했다. 하세인은 확실하게 보장한다면 계약체결이 가능하다고 긍정적인 반응을 보였다.

강 대리는 뛸 듯이 기뻤다. 덩실덩실 춤이라도 추고 싶었다.

그런데 품질보증부 오 차장이 찬물을 확 끼얹었다. 그는 연말까지 ISO 인증을 받는 건 불가능하다고 펄쩍 뛰는 게 아닌가?

강 대리는 1,000만 달러 수출계약이 깨지는데 어떻게 하면 좋으냐고 울상을 지었다. 공장장은 꿀 먹은 벙어리처럼 침묵만 지킬 뿐이었다. 강 대리는 살려달라는 조로 읍소하였다.

"공장장님, 좋은 방법이 없겠습니까?"

"실무책임자인 품질보증부 오 차장이 안 된다는데 난들 용빼는 재주가 있겠소?"

공장장은 남의 일처럼 강 건너 불 보듯이 말했다. 강 대리는 공장장 면상을 주먹으로 쥐어박고 싶은 마음이 굴뚝같았다.

강 대리는 하세인과 함께 서울로 부랴부랴 돌아와 사장에게 달려갔다. 하세인이 연말까지 ISO 인증을 받는 조건으로 계약을 체결하겠다고 보고하자 사장은 흡족한 표정을 지었다.

"역시 생산시설을 보여주기를 잘했구먼. 내 예상이 적중했어."

"사장님, 그런데 품질보증부 오 차장이 연말까지 ISO 9000 인증을 받는 건 불가능하다고 고개를 설레설레 흔들더군요. 물론 공장장도 강 건너 불 보듯이 하고요."

강 대리는 고자질하듯이 공장장과 품질보증부 오 차장이 보여줬던 태도를 까발렸다.

"뭐야! 이 자식들 정신이 모두 나갔구먼! 지금이 어느 때인데 그따위 안일한 자세로 일하겠다는 게야."

사장은 화를 버럭 내더니 공장장한테 전화를 걸어 불호령을 내리었다.

"공장장! 나 사장이오. 품질보증부 오 차장이 연말까지 ISO 인증을 획득하기 어렵다고 했다는데 도대체 그게 무슨 말이오?"

"…"

"수단과 방법을 가리지 말고 ISO 인증을 받으시오. 알았소? 몰랐소?"

"사장님, 지시대로 인증을 추진하겠습니다."

"이번 계약에 회사의 사활이 걸렸소. 만일 연말까지 인증을 획득하지 못하면 두 사람 문책할 테니 그리 아시오."

"사장님, 심려를 끼쳐서 죄송합니다."

"내일 오후 공장에서 회의를 열 테니 지금 즉시 ISO 인증에 관한 자료를 준비하시오. 공장장 내 말 알아들었소?"

사장이 공장장을 쥐잡듯이 닦달하자 강 대리는 십 년 묵은 체증이 뚫린 것처럼 속이 후련했다.

하지만 공장에 가면 공장장뿐 아니라 품질보증부 오 차장까지 미운털 박힌 놈처럼 대할 게 빤해 걱정이 태산 같았다.

사장은 공장장과 통화를 마치고는 강 대리에게 아무 염려 말고 계약을 체결하라고 지시를 내렸다.

한 시간 후에 사장실에서 계약이 체결됐다. 강 대리는 하세인이 계약서에 서명을 마치자 감격한 나머지 얼떨결에 손뼉을 치고 말았다. 사장도 기분이 좋은지 파안대소하였다.

계약을 끝내고 사장은 강 대리에게 저녁 식사할 장소를 예약하라고 지시하면서 여사원 방현숙도 참석시키라고 덧붙였다.

강 대리는 사무실로 돌아와 그 말을 방현숙에게 전했다. 방현숙은 망설일 것도 없이 참석하겠다고 대답했다.

하지만 강 대리는 방현숙이 식사자리에 참석하는 게 내키지 않았다. 사장과 하세인이 술기운에 짓궂은 농담을 하며 현숙을 사원이 아닌 술 시중드는 여자처럼 대할까 걱정됐다.

웬걸! 현숙은 겁도 없이 사장이 주는 술뿐 아니라 하세인이 권하는 술까지 사양하지 않고 재깍재깍 받아마셨다. 술자리가 끝날 무렵에는 방현숙 얼굴이 홍당무가 되었다. 방현숙은 가쁜 숨을 몰아쉬는 게 힘들어 보였다.

강 대리는 술자리를 끝내고 현숙 보고 근처 커피숍에서 잠깐 기다리라고 하고는 하세인을 호텔에 데려다주었다.

서둘러 커피숍에 돌아와 보니 현숙은 눈을 감고 등받이에 몸을 비스듬히 기댄 채 꾸벅꾸벅 졸았다. 강 대리는 은근히 화가 나 현숙을 다그쳤다.

"누나, 감당하지도 못하면서 뭣 때문에 술을 걸신들린 사람처럼 퍼마신 거야?"

"강 대리, 너 하는 짓이 마음에 안 들어 홧김에 술을 마셨다."

"누나, 나한테 평소 불만이 많았다는 얘긴데 그게 뭔지 들어보자."

현숙은 거슴츠레한 눈에 힘을 주더니 강 대리 뺨을 철썩 갈겼다. 강 대리는 손으로 볼을 만지면서 물었다.

"누나, 술주정 받아 줄 테니 실컷 때려봐."

"강 대리, 너 언젠가 고백했지? 나를 사랑한다고. 그런데 지금까지 나한테 해준 게 뭐가 있나 말해봐라."

강 대리는 방현숙의 도전적인 질문에 답변이 궁해 입을 다물었다.

"고작 위한다는 게 아침마다 승용차에 태워 출근시켜 주는 것 말고 뭘 해 주었느냐고? 윗사람 핑계 대고 밥 먹듯이 야근이나 시킨

것밖에 없잖아?"

현숙이 평소 가슴에 쌓아두었던 불만을 마구 털어놓자 강 대리는 그녀의 입을 막으려고 말머리를 다른 데로 돌렸다.

"누나, 하여튼 기다려줘서 고마워."

"뭘 기다려줘서 고맙다는 말이냐?"

"언젠가 내가 말했지? 과장으로 승진하면 정식으로 청혼하겠다고."

"흠, 떡 줄 사람은 생각지도 않는데 김칫국부터 마시고 자빠졌네. 누가 너를 과장으로 승진시켜 준다고 하대?"

"누나, 연말까지 ISO 인증만 받으면 틀림없이 사장님이 승진시켜 줄 테니 기다려 봐."

"아이고, 꿈도 야무지네."

"한동전선 창사 이래 단일 건으로 1,000만 달러 수출계약을 체결한 사람은 아무도 없다고."

"야, 네가 과장으로 승진하면 얼씨구 좋다고 결혼할 줄 아냐?"

현숙이 연신 빈정거리자 강 대리는 국면 전환용 비장의 무기를 빼 들었다. 그것 말고는 현숙의 불만을 잠재울 마땅한 방법이 없었다.

"누나, 아무리 버텨도 나와 결혼할 수밖에 없으니 두고 보라고."

"뭘 믿고 그렇게 자신만만하냐?"

"뭘 믿긴 뭘 믿어. 사장님이지."

"그럼 사장님이 우리 사이를 다 알고 계시다는 말이냐?"

그 말을 듣고 술이 확 깨는지 거슴츠레하던 현숙의 눈빛이 반짝거렸다.

"지난여름 휴가 중에 경포대에 갔을 때 사장님이 우리를 보시고도 모른 체했다고."

"어마나! 그게 사실이냐?"

"궁금하면 누나가 사장님께 직접 물어봐"

순간 현숙의 얼굴은 나쁜 짓을 하다가 들킨 아이처럼 붉게 물들었다. 강 대리는 웃음이 나와 참느라고 애를 먹었다. 그럴듯하게 지어낸 거짓말에 감쪽같이 속아 넘어가는 현숙이 순진하다 못해 귀엽기까지 했다.

다음날 오후 2시 공장 회의실에서 사장과 공장장 부서장들이 모여 회의가 열렸다. 회의내용은 품질보증부 오 차장이 ISO 9000 인증을 받는 절차며 개략적인 소요비용, 그리고 준비해야 할 사항을 보고하는 자리였다.

사장은 보고를 다 받고는 ISO 9000 인증 획득에 대한 근본적인 취지를 간략하게 설명해 주었다.

"구매자가 요구해서 인증을 받기보다는 아직도 미진한 품질관리를 체계화시켜 제품 품질을 선진국 수준으로 끌어올리는 데 목적을 두어야 합니다. 우리 모두 새로 시작한다는 각오로 인증업무에 임해주기 바랍니다. 내가 장담하는데, 인증을 받고 나면 수출 물량이 폭발적으로 증가해 눈코 뜰 새 없이 바쁠 겁니다."

이어서 사장은 몇 가지 중요한 지침을 내려 주었다.

인증기관은 국내 기관 중에서 공신력이 큰 기관을 선정할 것. 컨설팅을 6주 이상 받을 것. 교육은 한 사람도 빠짐없이 참석할 것. 그리고 인증 획득 추진위원장은 공장장이 하고, 추진위원은 생산부장을 비롯한 전 부서장으로 편성할 것. 추진위원회 밑에 실무작업반을 편성하라고 지시했다.

품질보증부 오 차장은 회의실에서 나오자마자 이마에 내 천자를 그리고 휴게실로 갔다. 그는 자판기에서 커피를 빼 단숨에 마셨다. ISO 인증 실무책임자 노릇을 할 생각하니 스트레스가 왕창 밀려왔다. ISO 인증을 받지 않으면 당장 회사가 망할 것처럼 설쳐댄 수출 담당 강동천 대리가 괘씸하다 못해 멱살을 잡고 흔들어 주고 싶었다.

오 차장은 휴게실에서 나오다가 강동천 대리와 맞닥뜨렸다. 오 차장은 그를 노려보고 소리쳤다.

"강 대리, 나 좀 잠깐 봅시다."

"시간이 없어서 서울에 빨리 가봐야 하는데요."

강 대리는 오 차장과 대면하기 싫어 꽁무니를 뺐다. 오 차장은 얼굴을 일그러뜨리고 강 대리를 노려보다가 명령하듯이 말했다.

"아무리 바빠도 조용한 데 가서 나와 이야기 좀 하자고!"

"오 차장님. 무슨 말인지 모르겠지만 여기서 하시지요."

"그렇게 간단한 내용이 아니니 여기선 말하기 곤란하다고."

오 차장은 건방지다는 듯이 강 대리를 노려보다가 사무실 쪽으로 어정어정 걸어갔다. 강 대리는 마지못해 오 차장을 따라갔다. 사무실에 들어서자 입사 동기인 품질보증부 박인목 대리가 강 대리를 보고 반갑다는 듯이 손을 내밀었다.

"강 대리 오랜만이다."

"고생 많지?"

오 차장은 서류를 책상에 내던지고는 회의용 탁자 앞에 털썩 주저앉았다. 강 대리도 따라서 맞은편에 앉았다. 오 차장은 강 대리를 족치는 대신 하소연하듯이 말했다.

"강 대리, 지금 품질보증부에서 제품 검사원 빼면 나하고 박 대리 그리고 여사원뿐인데 무슨 재간으로 연말까지 ISO 인증을 받으란 말이오?"

"오 차장님, 자신이 없으시면 회의 자리에서 당당히 의견을 밝힐 일이지 내 앞에서 그런 불만을 토로하면 날 보고 어떻게 하란 말입니까?"

"당신이 인증을 연말까지 못 받으면 수출계약을 체결하지 못하겠다고 사장 앞에서 죽어가는 소리를 하지 않았소?"

"그럼 바이어가 요구하는 사항인데 보고조차 않고 계약을 포기하는 게 옳습니까?"

"설령 수입업자가 요구한 사항이라도 회사 실정을 충분히 설명해서 내년 상반기까지 연장하면 되잖소?"

"고객의 욕구를 거절하다니 그게 말이나 됩니까?"

"하여튼 난 연말까지 인증을 받을 자신 없으니 그리 아시오. 능력 뛰어난 강 대리 당신이 추진하든지 말든지 나는 모르겠소."

오 차장은 오기를 부리며 똥배짱을 튕겼다. 강 대리는 얼굴을 붉히고 오 차장에게 달려들었다.

"그럼 죽어도 인증을 연말까지 못 받겠다는 말입니까? 뭡니까?"

"그래! 난 못한다."

오 차장은 손에 쥔 볼펜을 강 대리 앞에 내던지고는 벌떡 자리에서 일어났다. 오 차장이 주먹이라도 휘두를 태세를 갖추자 강 대리도 자리에서 일어나 눈을 부라리며 어디 해볼 테면 해보라고 노려보았다. 멱살잡이라도 일어나기 일보 직전이었다.

옆에서 옥신각신하는 모습을 지켜보던 박 대리가 두 사람을 타일렀다.

"감정을 앞세워 싸울 일이 아닙니다. 일단 사장님 지시가 떨어졌으면 지혜를 짜내 해결방법을 찾는 게 중요하지 부서 간의 갈등은 문제 해결에 전혀 도움이 안 됩니다."

"박 대리 당신도 모르는 소리 하지 말아요. 죽었다 깨어나도 연말까지는 인증 못 받아요."

오 차장이 계속 부정적인 태도를 보이자 박 대리도 못 참겠다는 듯이 입바른 말을 했다.

"오 차장님, 매사를 미리 불가능하다고 단정하면 절대로 좋은 방법을 찾아낼 수 없습니다."

"단정이 아니라 우리 부서 실정이 그렇지 않소?"

"오 차장님, 관련 부서 협조를 얻어 실무작업반을 편성하면 인원 문제는 해결됩니다."

"부서장들이 인원 차출에 절대로 협조할 리가 없어요."

"요즈음 충분한 인원 두고 편하게 일하는 회사가 어디 있습니까? 힘들더라도 일단은 도전해보고 그다음에 문제가 생기면 머리를 짜내 해결방법을 찾자고요. 예를 들면, 영문 매뉴얼 작성하는 데 수출과 방현숙 씨같이 영어 실력이 뛰어난 여사원의 도움을 받으면 해결되잖아요?"

오 차장은 박 대리가 훈계조로 말하자 불쾌한지 눈을 치켜뜨고 쏘아보았다.

"그럼 박 대리 당신이 다 알아서 추진하시오. 나는 빠질 테니."

"아니, 차장님이 빠지시다니 그게 말이 됩니까?"

"나는 자신이 없어서 하는 말이오."

순간 강 대리와 박 대리의 시선이 마주쳤다. 그들은 동시에 오 차장의 태도를 도저히 이해할 수 없다는 듯이 어이없는 표정을 지었다.

오 차장은 커피도 마시지 않고 자리에서 일어나더니 휭 사무실에서 나갔다. 강 대리는 품질보증부에 불을 질러 놓은 결과가 되어 마음이 편치 않았다.

"박 대리 미안하다. 나 때문에 너까지 곤욕을 치르게 돼서."

"회사 잘 되자고 아옹다옹 싸우는데 미안하긴 뭐가 미안하냐? 기죽지 말고 소신대로 밀고 나가라고."

박 대리는 오히려 강 대리를 위안해주었다. 강 대리는 뜻하지 않게 응원군이 생겨 마음이 든든했다.

품질보증부 박인목 대리는 같은 과 여사원과 2일간 야근을 하면서 인증 추진 계획서를 작성해서 오 차장에게 보고했다. 오 차장은 수고했다는 말도 없이 대충 훑어보고는 바로 공장장한테 달려갔다.

공장장은 계획서를 훑어보고는 이상한 지시를 내렸다. 계획서 결재 라인 밑에 생산부장, 자재부장, 영업부장, 총무부장의 사인을 받아오라고 지시하였다. 그렇게 하지 않으면 추진위원인 부장들이 인증업무에 적극적으로 참여하지 않을 가능성이 크다고 우려를 표하였다.

공장장실에서 돌아온 오 차장은 박 대리에게 서류를 주면서 공장장이 했던 것처럼 똑같은 지시를 했다.

"박 대리가 각 부서장한테 찾아가 협조 사인을 받아오세요."

"오 차장님이 직접 받으시는 게 좋지 않겠어요?"

박 대리는 못마땅해 미간을 찌푸리고 완곡히 거절했다. 오 차장은 그럴싸한 이유를 대면서 꽁무니를 뺐다.

"각 부장한테 사인을 받으려면 추진 계획서 내용 설명이 필요한데 박 대리가 나보다 훨씬 잘 알지 않소?"

아예 뒤로 나자빠지겠다는 심보이구먼. 이런 자세로 근무하니까 차장으로 승진한 지 5년이 지났는데도 부장으로 승진하지 못하고 퇴물 취급을 받지. 이 얼간아.

박 대리는 서류를 옆구리에 끼고 제일 먼저 생산부장한테 찾아갔다. 생산부장은 서류를 훑어보고는 아무런 말 없이 사인을 해주었다. 제일 까다롭게 나올 줄 알았던 생산부장이 선선히 사인을 해줘 자재부장도 일사천리로 사인을 해주리라 낙관했다. 그러나 그건 오판이었다. 자재부장은 이런저런 이유를 들며 합의를 해 주지 않고 딴지를 걸었다.

"박 대리, 꼭 내 합의가 필요한가요?"

"부장님 협조가 당연히 필요합니다!"

"인증을 받는데 자재부가 꼭 끼어야 합니까?"

"교육을 받고 나면 자재부 역할이 얼마나 중요한지 아시게 될 겁니다."

"일에 짓눌려 오줌과 똥을 못 가리는 판인데 교육은 얼어 죽을 무슨 교육이야?"

"그래도 교육은 받아야 합니다. 교육을 받지 않고서는 이 업무를 추진할 수 없습니다. 사장님도 회의에서 교육의 중요성을 여러 번 강조하셨는데 벌써 잊으셨습니까?"

사장을 들먹거리자 자재부장은 영업부를 들먹거리며 냅다 욕을 퍼부었다.

"에이 ××! 각종 허가며 인증을 다 받아야 제품을 팔아먹으면 영업부 놈들이 뭐가 필요해. 개새끼들!"

자재부장은 볼을 씰룩거리다가 마지못해 사인한 후 결재판을 박 대리 앞에 풀썩 내던졌다.

박 대리는 "지기미, 내가 자재나 팔아먹으러 온 업자인 줄 아시오?" 하고 쏘아붙이려다가 꾹꾹 참고 총무부장에게 달려갔다.

총무부장은 전화를 받다가 생산부장과 자재부장이 한 사인을 보고 내용도 보지 않고 장난하듯이 사인을 해 주었다. 박 대리는 너무 쉽게 사인을 해줘 오히려 불안했다.

내용을 확인하지도 않고 사인해 주고는 나중에 딴소리하지 마시오. 문제가 생기면 바빠서 내용을 검토하지 않았다고 핑계 대면서 요리조리 빠질라치면 개망신을 당할 줄 알아요.

다음날 품질보증부 오 차장은 사장한테 인증 추진 계획서를 결재받으러 갔다가 일장 훈계를 받았다.

"오 차장, 당신 추진 계획서에 이따위 부장들 사인은 뭐하려고 받았소?"

사장은 굵은 사인펜으로 부장들의 사인을 박박 지워버렸다.

오 차장은 영문을 몰라 사장의 눈만 멀뚱멀뚱 바라보았다. 사장은 사인을 지운 이유를 차근차근히 설명해 주었다.

"기안서나 계획서에 이런 사인을 받는 건 나중에 다른 부서를 물고 늘어져 물귀신 작전을 펼치겠다는 심보 아니오?"

"사장님, 그게 아니고…."

오 차장이 말끝을 흐리자 사장은 매섭게 질타했다.

"오 차장, 회의할 때 간부들에게 설명하면 되지 않소? 사인받는다고 생산부 가서는 커피 한 잔 마시고, 자재부에 가서는 농담 따먹기하고, 총무부 가서는 10여 분 잡담하다 올 테고. 도대체 그 시간을 돈으로 계산해보았소? 한마디로 당신들은 원가의식이라고는 눈곱만큼도 없는 무책임한 사람들이야. 이런 관료적인 발상을 버리지 못하면 일류기업으로 절대 성장하지 못하오."

"무슨 말씀인지 알겠습니다. 다음부턴 개선하겠습니다."

오 차장이 고개를 숙이자 사장은 내일 당장 컨설팅기관의 직원을 불러서 컨설팅 계약을 체결하라고 지시했다.

사장의 결재를 받는 동안 오 차장의 목덜미가 땀으로 흥건히 젖었다. 번갯불에 콩 튀겨먹듯이 일이 진행되어 정신을 차릴 수가 없었다.

컨설팅 계약을 체결한 후 1주일간 진단을 받아본 결과 최소 10주 이상의 지도가 필요하다는 결과가 나왔다. 진단 결과보고서를 사장한테 결재를 올리자 지도기관의 의견대로 지도를 받으라고 승인했다.

그런데 지도를 시작하자마자 품질보증부 오 차장이 밤늦게 차를 몰고 퇴근하다가 교통사고를 당했다. 봉고차와 정면으로 충돌해 이마가 깨지고 왼쪽 무릎에 골절상을 입어 4주 이상의 입원치료가 필요했다.

사고 소식을 접한 사장은 인증업무를 주관하는 부서장이 장기간 자리를 비우면 업무에 차질이 발생할까 걱정하기보다는 그의 건강 상태를 먼저 염려했다. 사장은 병원에 들러 금일봉을 내놓고 오 차장에게 회사 일은 걱정하지 말고 치료나 잘 받으라고 위로해 주었다.

4주쯤 지도가 진행되던 어느 날 아무런 연락도 없이 사장이 공장에 불쑥 나타났다. 사장은 예정에 없던 지도위원들과 대화의 시간을 가졌다.

"내가 듣기로는 부서장들이 상당히 비협조적이라는데 사실입니까?"

"그렇지 않아도 사장님을 뵙고 몇 가지 건의할 참이었는데 마침 잘 오셨네요."

선임지도원이 그동안 지도를 하면서 발생한 문제점들을 하나하나 지적하면서 시정을 요구하였다.

"첫째, 사원들이 왜 ISO 9000 인증을 받아야 하는지 그 목적과 중요성을 아직도 인식하지 못합니다."

"둘째, 일부 간부들이 비협조적이라는 인상을 받았습니다. 자기 부서에서 수행하는 업무의 흐름도를 작성해달라고 요청했더니 생산부만 응했을 뿐 다른 부서는 현재까지 제대로 된 자료를 제출하지 않았습니다."

"셋째, ISO 인증이 각자의 고유업무와 전혀 무관한 것처럼 잘못 아는 간부 사원들이 많습니다."

"넷째, 각부서 별로 업무 지침서가 작성되면 마치 자기네 부서가 담당하는 업무가 다른 부서에 넘어가거나 없어지는 줄로 착각하는 간부나 사원들이 많습니다."

지도위원은 그 대책으로는 충분한 교육을 해서 잘못된 인식을 바꿔 놓아야 하며, 당분간 사장님과 간부들이 자주 만나서 충분한 대화를 나누는 게 좋겠다고 건의하였다.

사장은 지도위원들의 문제점 및 건의 사항을 듣고는 이대로 놔두면 인증이 차질을 빚을 우려가 커 간부들의 고삐를 바짝 조이기로 마음먹었다.

그날 사장은 생산현장에선 반장급 이상, 사무직에선 주임급 이상의 사원들을 회의실에 모아놓고 열변을 토하였다.

"여러분들은 우리 회사의 중추적인 역할을 하는 간부들입니다. 여러분들이 변하지 않으면 사원도 변하지 않습니다. 앞으로 변화를 두려워하고 현재에 안주하려는 간부들은 용납하지 않겠습니다. 지금 한동전선은 대기업으로 발돋움하느냐, 아니면 중소기업으로 머무느냐의 중요 갈림길에 섰습니다. ISO 인증 획득은 우리에게 도약의 기틀을 마련해 주는 중요한 전기가 될 것입니다. 우리는 어떠한 어려움이 닥쳐도 연말까지는 ISO 9000 인증을 받아야 합니다. 오늘부터 인증을 획득할 시점까지 비상근무를 명하니 반대하는 간부는 손 들어 보시오."

갑자기 회의실 분위기는 찬물을 끼어 얹은 듯이 조용했다. 간부들은 숨을 죽인 채 아무도 손을 들지 않았다.

저녁에 사장은 간부들과 함께 근처 음식점에서 회식을 가졌다. 사장은 각부서장에게 소주 한 잔씩을 돌리고 나서 그들이 권한 술을 모조리 받아 마셨다. 상금을 걸고 근처에 있는 가요주점에서 부서별 노래자랑을 열면서 사기를 올려주었다.

그날 사장은 곧장 서울에 가지 않고 공장 기숙사로 돌아왔다. 기숙사 방에서 사장은 캔 맥주를 마시며 간부들과 이야기꽃을 피우다가 새벽 2시에 귀가하였다.

그 후 사장은 일주일마다 공장에 내려왔다. 와서는 밤늦게까지 작업을 하는 간부들을 독려하다가 라면으로 야식을 먹고는 자정에 집에 돌아가곤 했다.

15주간의 지도가 끝나자 인증에 필요한 제반 서류 작성이 완료되었다. 사장은 오 차장에게 작성된 지침서에 따라 실제로 업무를 진행해보고, 그 결과를 보고하라고 지시를 내렸다. 사장은 인증을 받는 게 화급했지만 실제로 회사업무에 도움이 안 되면 아무런 의미가 없다고 판단했다.

결과는 예상했던 대로 영업부와 자재부에서 문제가 발생했다.

사장은 오 차장의 보고를 받고 지침서를 보완해서 다시 시행해보라고 지시를 내렸다. 역시 두 번째도 결함이 발생했다. 그러나 첫 번째의 아홉 개 항목보다는 다섯 개나 줄었다.

그런데 결함은 수출 프로세스에서 주로 나타났다. 원수는 외나무다리에서 만난다고 강동천 대리를 잡아 족칠 기회가 와 오 차장은 은근히 쾌재를 불렀다.

"강 대리, 인증이 늦어지면 수출 파트 때문인 줄 아시오."

"오 차장님, 그게 무슨 말씀입니까?"

"당신네 부서에서 작성한 업무 지침서와 흐름도가 제일 엉터리란 말이오."

"밖으로 뛰다 보니 시간이 없어서 부실하게 작성된 모양인데 구체적으로 문제를 지적해 주시면 즉시 보완하겠습니다."

강 대리는 잘못을 깨끗이 인정하고 오 차장에게 양해를 구했다. 오 차장은 더는 왈가왈부하면 속 좁은 놈으로 보일까 봐 책임 추궁 대신 협조를 구하는 식으로 말했다.

"박 대리가 구체적인 내용은 FAX로 보내 줄 테니 내일 오전 11시까지 보완해서 품질보증부로 보내 줘요."

강 대리는 FAX로 보내온 서류를 검토한 뒤 부족한 부문을 보완하였다. 같은 과 방현숙도 퇴근 후 약속을 취소하고 강 대리를 도와주었다.

저녁 6시쯤 강 대리와 방현숙은 식사하러 가다가 사장과 마주쳤다. 사장은 나란히 걷는 그들에게 말을 걸어왔다.

"아니, 아직 두 사람 퇴근 안 했나요?"

"급히 작성할 서류가 많아 야근을 신청했습니다."

방현숙이 얼굴에 웃음을 띠고 대답했다.

"그래요? 둘이 식사를 하러 가는 모양인데 보기 좋구먼. 매일 출근도 함께한다면서요?"

"같은 동네에 살아서 차를 같이 타고 다닙니다."

강 대리가 이실직고하자 사장은 빙긋이 웃더니 지갑에서 10만 원짜리 수표를 꺼내 방현숙에게 내밀었다.

"이걸로 둘이 맛있는 저녁이나 사 먹어요.

"사장님도 같이 가시지 않겠어요?"

방현숙이 샐쭉 웃으며 물었다. 사장은 시간이 없어서 다음에 같이 가자면서 손을 흔들고는 대기하던 승용차에 올랐다.

강 대리가 일을 마친 뒤 승용차를 몰아 방현숙의 아파트에 근처에 도착했을 때는 10시였다.

강 대리는 방현숙에게 아파트단지 공원 벤치에 앉아서 잠깐 이야기 좀 나누자고 사정했다. 방현숙은 밤이 늦었으니 다음에 이야기하자면서 거절하였다. 강 대리는 그녀의 팔을 잡고 벤치로 끌고 갔다. 강 대리는 벤치에 앉더니 한밤중에 홍두깨 내미는 소리를 하였다.

"현숙 씨, 우리 결혼합시다."

"…?"

당황했는지 현숙의 입이 갑자기 얼어붙었다. 강 대리는 진지한 목소리로 하소연하였다.

"내가 이 말을 하려고 얼마나 기다렸지 현숙 씨는 모를 겁니다."

"강 대리, 밑도 끝도 없이 결혼하자니. 강 대리, 너 미쳤냐?"

현숙은 반말로 강 대리의 저돌적인 행동을 비난했다. 현숙은 주임이지만 강 대리보다 두 살이 많았다. 현숙은 과거까지 들먹거리며 불만을 터뜨렸다.

"입사 초기에 전철을 타고 출퇴근하겠다는데도 막무가내로 승용차에 태우고 다니더니 이젠 결혼문제까지 일방통행하는데 내가 그렇게 만만해 보이냐?"

"만만해 보이는 게 아니고, 미치게 좋아할 뿐이야."

"너, 갈수록 뻔뻔해지는데 어디까지 가는지 두고 보마."

"누나, 난 무슨 일이든 한번 마음먹으면 기어코 달성하지 않고는 못 배기는 사람이야. 회사 일이든 결혼문제든 마찬가지이고."

"갈수록 태산이구먼?"

"옳다고 판단하면 목숨까지 걸고 밀어붙이고 만다고. 그러니까 나한테서 도망칠 생각은 아예 하지 말라고."

"정말로 미치겠네. 그래, 강 대리 네가 장구 치고 북 치고 다 해라. 썩을 놈아!"

"누나, 나중에 결혼을 거부하는 불상사는 일어나지 않겠지?"

"과장 사모님 소리 듣고 싶으니까 너 과장으로 승진하면 후딱 결혼하마."

"과장 승진하자마자 누나의 주임 딱지도 동시에 떼어 줄게."

강 대리는 믿는 구석이라도 있는지 큰소리를 땅땅 쳤다.

"네놈 설쳐대는 바람에 앞발 뒷발 다 들었다."

현숙은 사전에 치밀한 계획을 세워 끈질기게 밀고 나가는 강 대리의 결혼작전에 혀를 내둘렀다. 그렇다고 강 대리가 야비하거나 추악하게 느껴지지 않았다. 현숙은 치열한 경쟁 시대에는 남자에게 이런 배짱과 끈기가 없으면 살아남기 힘들다고 믿었다. 강 대리가 결혼상대자로 충분하지는 않지만 적어도 필요한 조건을 갖추어

믿음직스러운 구석이 없지 않았다.

한 달 뒤 인증심사를 받기 위한 만반의 준비를 마치고 나서 인증 기관에 심사를 의뢰했다. 강 대리는 품질보증부 박 대리로부터 심사일정이 확정됐다는 연락을 받고 불안에 떨었다.

인증이 통과되지 않으면 수출계약이 취소되는데. 물론 과장 승진도 물 건너가고. 그렇게 되면 방현숙과의 결혼 약속도 지키지 못하는 사태가 벌어질 테고. 설마 그런 최악의 사태가 벌어지지는 않겠지.

심사 마지막 날 오후 강 대리는 심사결과를 확인하려고 공장으로 달려갔다. 심사팀과 사장, 공장장 그리고 추진자와의 합동 회의 결과 몇 가지 결함이 발견되었다. 다행히 그 결함은 중결함이 아닌 경결함이어서 시정결과를 문서로만 통보하면 된다고 했다.

강 대리는 회의를 마치고 나오는 박 대리의 팔을 잡고 물었다.

"박 대리, ISO 인증 무사히 통과될까?"

"인마! 네놈 소원성취했다."

초조와 불안으로 얼룩진 강 대리의 얼굴엔 안도의 미소가 스쳐지나갔다.

"그럼 ISO 인증서가 나온단 말이냐?"

"그렇다니까?"

박 대리는 고개를 힘차게 끄덕였다. 강 대리는 박 대리의 손을 잡고 흔들면서 입을 찢어지게 벌리고 웃었다.

회의를 마친 뒤 사장은 심사팀과 간부들을 시내 음식점으로 데리고 갔다. 저녁을 먹으며 근 6개월간에 걸친 간부들의 노고에 대해서 치하하고 마음껏 놀아보라고 금일봉을 내놓았다.

강 대리는 식사만 마치고 방에서 살짝 빠져나와 공중전화로 방현숙에게 전화를 걸었다. 1분이라도 빨리 이 기쁜 소식을 방현숙에게 알려주지 않고는 견딜 수가 없었다.

"현숙 씨! 잘됐다고."

"밑도 끝도 없이 잘되었다니, 그게 무슨 말이냐?"

"인증심사가 통과되었단 말이야!"

강 대리는 감격 어린 목소리로 외치고는 한 시간 반 후에 아파트 앞 공원으로 갈 테니 자지 말고 기다리라고 하고는 전화를 끊었다. 전화를 끊고 막 돌아서는데 누군가 어깨를 툭 쳤다. 강 대리는 깜짝 놀라 뒤를 쳐다보았다. 다름 아닌 사장이었다.

"강 대리, 그동안 수고 많았어!"

사장은 강 대리 어깨를 두들기면서 대단한 일을 했다고 칭찬해 주었다.

"강 대리가 ISO 9000 인증을 받아야 한다고 강력히 주장한 게 기폭제가 되어 오늘의 결과가 온 걸세."

"사장님, 감사합니다."

강 대리는 너무 감격스러워 손을 앞으로 모아 잡고 머리를 조아렸다.

"곧 승진 인사를 단행할 예정이니 기다려 봐요."

강 대리는 기분이 좋아 승용차 안에서 휘파람을 불며 집으로 내달렸다. 눈이 오려는지 하늘엔 짙은 구름이 담뿍 드리워졌다.

아파트에 도착할 무렵에는 하얀 눈발이 펄펄 날리었다. 강 대리는 공원 입구 공중전화 박스로 달려가 현숙에게 전화를 걸었다. 전화를 받자마자 현숙은 두툼한 외투를 입고 공원으로 나왔다. 그녀의 머리칼에는 하얀 눈송이가 내려앉아 보기가 좋았다. 화장했는지 그녀가 가까이 다가오자 향긋한 냄새가 코끝을 자극했다.

강 대리는 그녀가 다가와 벤치에 앉자 와락 껴안고 키스했다. 기습을 당한 현숙은 강 대리의 뺨을 철썩 내갈겼다.

"강 대리, 너 야만인처럼 뭐하는 짓이냐?"

"누나, 미안해! ISO 9000을 짝사랑한 나머지 가슴이 폭발하기 일보 직전이야."

"나 참! 기가 막혀서. 나를 짝사랑한 게 아니고 ISO 9000을 짝사랑했다고?"

현숙은 어이가 없는지 후하고 웃음을 터뜨리었다.

"아! 내가 너무 흥분해서 거꾸로 말했네."

강 대리는 능청스럽게 둘러대고는 겨울밤의 싸늘한 바람을 막아
줄 듯 그녀를 가슴에 안았다. 현숙은 강 대리의 가슴에 안겨 다정
한 목소리로 속삭였다.

"강 대리, 오늘은 네 가슴이 참 포근하다!"

"누나는 내 첫사랑이자 끝사랑이야! 알았지?"

"그래! 그래!"

겨울밤을 외롭게 지키던 외등이 호기심 어린 눈빛으로 그들을
빤히 내려다보았다. 하얀 눈발들이 나비 떼처럼 날아와 그들 주위
를 맴돌다가 혀를 날름하고 어둠 속으로 사라졌다.

부장 아내의
눈물

비디오 방영이 끝난 뒤 생산부장은 입을 꾹 다
문 채 먼저 회의실에서 나갔다. 오 상무는 지원부장에게 저녁에 부
장들과 식사하게 음식점을 예약해 놓으라고 지시를 내리고는 공장
장 방으로 돌아왔다.

퇴근 시간이 다 되어 지원부장이 떠름한 얼굴을 한 채 오 상무
를 찾아왔다.

"상무님, 생산부장은 식사에 참석하지 않겠답니다."

"불참하는 이유가 뭡니까?"

"ISO 인증 추진에 불만이 많은 모양입니다."

공장장은 이맛살을 찡그리고는 인터폰을 들고 생산부 버튼을 눌렀다.

"생산부장님, 부탁합니다."

"방금 오 상무님을 뵙겠다며 사무실에서 나갔습니다."

"알았습니다."

인터폰을 놓자마자 생산부장이 공장장 방에 들어섰다. 그는 공장장 앞으로 성큼성큼 다가오더니 결재판을 불쑥 내밀었다.

"상무님, 오늘 날짜로 회사 그만두겠습니다."

공장장은 결재판을 펴 보고는 생산부장의 얼굴을 노려보았다.

"당신, 지금 나한테 시위하는 거요?"

"시위가 아니고 벌써 마음먹었는데 오늘 결정을 내렸을 뿐입니다."

"당신 나이가 몇인데 이런 애송이 같은 행동을 하는 거요?"

"죄송합니다. 사표 수리해 주시리라 믿고 이만 가보겠습니다."

생산부장은 고개를 숙여 인사하고는 문 쪽으로 뚜벅뚜벅 걸어갔다.

"생산부장! 생산부장!"

오 상무가 그의 뒤에다 대고 고함을 쳤지만, 그는 들은 척도 않고 사라졌다.

오 상무는 자다가 뒤통수를 얻어맞은 것처럼 어안이 벙벙했다. 그의 소행으로 봐서는 사표를 수리하고 싶었다. 하지만 생산부장의 의중을 정확히 파악한 뒤 처리해도 늦지 않다고 생각했다.

이틀을 기다려도 생산부장이 출근하지 않자 오 상무는 그의 집으로 전화를 걸었다. 마침 그의 부인이 전화를 받았다. 오 상무는 생산부장이 사표를 냈다는 말을 하기 곤란해 엉뚱한 질문을 했다.

"윤 부장님 몸이 아프다고 들었는데 지금은 어떻습니까?"

"아프지 않은데요"

"아프지 않으면 다행이군요. 지금 윤 부장 집에 계십니까?"

"출장 간다고 그제 아침 일찍 집을 나갔습니다."

"그래요?"

오 상무는 생산부장이 거짓말을 했음을 알아차리고 그의 부인 보고 급히 만나자고 했다. 오 상무는 생산부장의 사표를 호주머니에 넣고 승용차를 몰아 약속한 찻집으로 달려갔다. 허둥지둥 집에서 나왔는지 그의 부인의 얼굴엔 화장기가 전혀 없었다.

"사모님, 갑자기 만나자고 해서 죄송합니다."

"애 아빠한테 무슨 일이 생겼나요?"

부인의 얼굴은 불안과 초조로 얼룩졌다. 오 상무는 차분한 목소리로 물었다.

"여쭤보겠습니다. 윤 부장이 최근에 다른 회사로 옮기겠다고 말한 적 없습니까?"

"그런 이야기는 전혀 들은 바가 없습니다."

"그럼 성하직물 그만두고 사업할 뜻도 없고요?"

"애 아빠는 사업에 사업자도 모릅니다. 다만 그저께 술에 흠뻑

취해서 집에 늦게 들어왔기에 제가 바가지를 긁었습니다."

오 상무는 생산부장이 욱하는 기분으로 사표를 내던진 걸 간파하였다. 오 상무는 그의 부인에게 찾아온 용건을 솔직히 털어놓았다.

"윤 부장이 갑자기 사표를 냈습니다."

"아니, 애 아빠가 사표를 냈다고요?"

그녀의 얼굴에 당황과 놀라움이 교차하였다. 그녀는 눈물을 글썽거리다가 고개를 떨어뜨렸다. 손으로 얼굴을 가리더니 어깨를 들먹거렸다. 오 상무는 우는 윤 부장의 모습을 보자니 코가 찡했다. 오 상무는 호주머니에서 사직원을 꺼내 그녀에게 내밀며 말했다.

"사모님, 사직원 돌려드릴 테니 윤 부장보고 당당 회사에 출근하라고 이르세요."

"상무님, 고맙습니다. 정말! 고맙습니다."

그녀는 자리에서 일어나 오 상무에게 허리를 굽혀 인사를 하고는 황급히 찻집에서 나갔다. 오 상무는 허둥거리며 사라지는 그녀의 뒷모습을 물끄러미 바라보았다. 과장 시절 월급쟁이에 회의가 일어 회사를 그만두겠다고 폭탄선언 하자 아내가 울고불고하던 모습이 아련하게 떠올랐다.

다음날 생산부장이 근무복 차림으로 일찍 오 상무를 찾아왔다. 오 상무는 그를 보자 농담을 툭 던졌다.

"생산부장, 당신 부인한테 야단맞지 않았소?"

"상무님, 죄송합니다."

"생산부장, 이 공장 잘되면 내가 떼부자가 됩니까? 초겨울에 서리맞은 것처럼 허연 내 머리카락이 까맣게 됩니까?"

"제가 경솔했습니다."

"우리가 기업에 몸담은 이상 일 잘한다는 소리를 들어야 사는 보람을 느낄 게 아닙니까?"

"무슨 말씀인지 잘 알겠습니다."

"그러니 우리 힘을 합쳐 앞으로 열심히 일해봅시다."

오 상무는 듣기 좋은 말로 타이르고는 사표 소동을 없는 일로 치부해버렸다.

노 주임이 3개월 동안의 부서별 제안 현황을 작성해 결재를 받으러 오 상무실로 들어섰다. 현황을 보니 달이 지날수록 제안 건수가 증가하면서 공장 발전에 도움이 되는 내용이 많았다. 오 상무는 흐뭇해서 기분 좋게 사인하였다.

"노 주임, 제안 상금을 현재보다 2배로 올리시오. 그리고 3등급 이상에 해당하는 제안은 문집을 만들어 각 부서에 배포하도록 하시오."

"오 상무님, 그런데 한 가지 건의 말씀을 드려도 될까요?"

"무슨 내용인지 말해봐요."

"관리직 사원들의 제안 제출이 아주 부진합니다. 분임토의에도 빠지는 경우가 자주 발생합니다."

오 상무는 관리직 사원들이 의무적으로 제안을 제출하는 방안을 검토해 보라고 지시하였다. 노 주임은 우선 제안에 대한 특별 정신교육이 필요하다고 강조하였다.

"하여튼 여러 가지 방법을 찾아보시오. 예를 들면 제안실적을 개인뿐 아니라 부서 평가 항목에 반영한다든가…."

"문 팀장과 협의해서 효과적인 안을 내보겠습니다."

오 상무는 노 주임이 돌아간 뒤 관리직 사원들이 혁신 활동에 소극적인 태도를 보이는 원인에 대해서 골똘히 생각해 보았다. 여러 가지 원인 중에서 미래에 대한 비전 제시가 없어 회사 일에 열정을 바치지 않는다고 결론지었다. 오 상무는 가능하면 빨리 관리직 사원들에게 새로운 비전을 제시하기로 마음먹었다.

이틀 뒤였다.

오 상무는 혁신팀장에게 긴급히 간부 회의를 소집하라고 지시했다. 회의 참석 대상은 주임급 이상의 전 간부 사원이었다. 오 상무는 간부 사원들에게 미래의 공장 청사진을 제시하였다.

"현재 우리 공장이 성하물산의 일개 사업부임을 여러분들도 잘알 겁니다. 그래서 우리가 받는 불이익이 한 두 가지가 아닙니다. 사원들의 승진, 예산 배정, 복리후생 등 성하물산 중에서 가장 뒤처진 대우를 받습니다. 똑같은 월급쟁이를 하면서 우대를 받지 못할망정 공장에 근무한다고 차별대우를 받으면 억울하고 자존심이 상하겠지요. 하지만 유감스럽게도 이런 문제를 해결해 줄 사람은 우리 자신밖에 없습니다.

이 자리에서 분명히 약속합니다. 조속히 공장장 자리를 걸고 직물공장을 독립법인으로 전환하겠습니다. 그렇게 되면 여러분 중에서 사장도 나오고 임원도 다수 탄생하겠지요.

여러분! 그 꿈을 실현하기 위해서 우리 모두 힘을 합쳐서 어둠의 긴 터널에서 하루라도 빨리 빠져나옵시다."

오 상무의 열변이 끝나자마자 간부들은 모두 자리에서 일어나 열렬히 손뼉 쳤다. 그 박수는 가슴에서 진정으로 우러나온 뜨거운 응원이었다. 또 한 모두 힘을 합쳐 혁신에 박차를 가하겠다는 무언의 결의이기도 하였다.

지루한 장마가 끝나고 더위가 기승을 부리면서 연일 불볕더위가 맹위를 떨치었다. 노 주임은 휴가 계획이 확정되자 현장에 슬그머니 내려가 박민정을 휴게실로 불러냈다. 작업하는 동안 땀을 많이 흘렸는지 옅은 소라 색 작업복은 여기저기 땀으로 얼룩졌다.

"민정 씨, 요새 날씨가 더워 힘들죠?"

"별로 힘들지 않아요. 노 주임님은요?"

"난 눈코 뜰 새 없어 바빠서 더위도 잊고 삽니다."

노 주임을 대하는 민정의 태도는 그전과 판이했다. 그전에는 톡

톡 쏘아붙이거나 말을 걸어도 냉담했는데 이제는 상냥하고 친절하게 대해 주었다. 민정의 태도가 달라진 이유는 분임조 활동을 하면서 노 주임의 많은 도움을 받았기 때문이었다.

그녀가 속한 분임조가 사내 발표대회에서 최우수상을 받았는데, 노 주임이 발표문집 작성 요령을 친절하게 지도해 준 덕분이었다. 그뿐만 아니라 노 주임은 분임토의며 제안에 필요한 자료를 수시로 제공해 주기도 하였다.

"민정 씨, 오늘 밖에서 만나요."

"무슨 일인데요?"

"긴급히 상의할 일이 생겼습니다."

"궁금한데 여기서 밝히면 안 돼요?"

"이런 데선 할 이야기가 아닙니다. 그러니 잠깐만 시간 내줘요."

"또 혁신 활동에 관한 이야기이지요?"

"아닙니다."

"그것 말고는 할 이야기가 없을 텐데요?"

박민정은 웃으며 반신반의했다. 노 주임은 정색하고 명령조로 말했다.

"중대한 이야기입니다. 지난주에 만났던 카페로 나와요."

"뜸만 들이지 말고 미리 귀띔이라도 하면 안 돼요?"

민정은 빙글빙글 웃으면서 노 주임이 할 이야기가 뭔지 빨리 털어놓으라고 졸랐다. 노 주임은 끝내 밝히지 않고 사무실로 향하였다.

노 주임은 사무실 입구에 설치해 놓은 공중전화 앞에서 발걸음을 멈추었다. 바지 호주머니에서 꺼낸 동전을 공중전화기에 넣은 뒤 송수화기를 귀에 대고 고향 집 전화번호를 돌렸다.

"어머니, 저 태무예요. 그동안 별일 없으셨죠? 저 다음 주부터 휴가가 시작되거든요. 사귀는 여자하고 함께 집에 갈 테니 아버지께 미리 말씀드리세요. 아가씨 성이 어떻게 되냐고요? 양반인 밀양 박 씨예요. 나이는 저보다 두 살 적어요. 예쁘지는 않지만 억척스럽고 똑똑해요."

공장을 돌아보던 오 상무가 공중전화 옆을 지나다가 노 주임이 시골 어머니와 통화하던 내용을 엿들었다. 오 상무는 노 주임에게 다가오더니 나직하게 말했다.

"노 주임, 30분 후에 내 방에 잠깐 들르시오."

"예?"

노 주임은 놀란 토끼 눈을 하고 오 상무를 바라보았다.

"왜 그렇게 놀라요?"

오 상무는 노 주임의 어깨를 툭 치고는 입가에 의미심장한 웃음을 물고 생산부 쪽으로 걸어갔다. 노 주임은 오 상무가 왜 그의 방으로 갑자기 오라고 하는지 궁금해 구시렁거렸다.

비밀리에 업무 지시를 내리려고 오라고 하나? 요사이는 문 팀장을 직접 불러 업무 지시를 내리곤 했는데 이상하네.

노 주임은 30분쯤 지나 오 상무를 찾아갔다. 오 상무는 공장을 돌아보면서 땀을 많이 흘렸는지 에어컨 바람에 젖은 셔츠를 말리려고 벗어 놓았던 작업복을 다시 입었다.

"노 주임, 요새 ISO 인증 준비하랴 혁신 활동하랴 고생 많지요?"

"아닙니다. 하루하루가 신나고 재미있습니다."

"재미있다니 듣기 좋구먼."

노 주임은 땀이 나 번질번질한 정수리를 손수건으로 문지르고는 오 상무 앞에 엉거주춤한 자세로 앉았다. 오 상무는 작업복 단추를 다 채우고는 노 주임에게 물었다.

"노 주임, 이번 휴가 때 박민정 양과 고향에 함께 가는 모양이지?"

"…?"

순간 노 주임의 얼굴이 홍당무처럼 붉어졌다. 노 주임은 나쁜 짓을 하다 들킨 아이처럼 쑥스러운 표정을 지었다.

이 양반, 남 통화하는 거나 엿듣고 예의가 빵점이네. 낮말은 새가 듣고 밤말은 쥐가 듣는다더니 세상엔 비밀이 없는구먼.

"얼마 안 되지만 박민정 양과 치킨하고 맥주나 사 마셔요."

오 상무는 봉투를 불쑥 내밀었다. 노 주임은 받아야 좋을지 받지 말아야 할지 몰라 망설였다.

"상무님, 이런 거 받아도 되는지 모르겠습니다."

"높은 사람이 주는 돈을 뇌물이 아니니까 받아요."

노 주임은 곤혹스러워 땀을 뻘뻘 흘렸다. 오 상무가 특별히 베푸는

호의를 거절하면 서운하게 받아들일지 몰라 봉투를 받았다.

"상무님, 고맙습니다."

"가을에는 내가 주례를 볼 기회 좀 만들어 봐요."

"박민정과 결혼에 골인하도록 젖먹던 힘까지 몽땅 쏟아붓겠습니다."

"나이가 적지 않으니 결혼하면 즉시 아들을 낳으시오. 그래야 손자를 빨리 보니까."

"아들 낳으면 이름을 '노품질'이라고 짓겠습니다."

"고품질이면 몰라도 '노품질'은 어감이 안 좋소."

"곱씹어 보니 상무님 지적이 맞네요. 허허허."

노태무가 한바탕 웃자 오 상무도 못처럼 얼굴에 환한 웃음을 지었다.

퇴근 후 민정을 만나러 약속 장소로 향하는 노 주임의 발걸음은 유난히 가벼웠다. 휴가 기간에 펼칠 결혼작전이 대성공을 거둘 조짐이 보여 가슴도 벌렁거렸다.

약속 장소인 카페에 도착해 보니 다른 날과 달리 박민정은 먼저 와서 노 주임을 기다리었다. 그녀는 민소매 미색 티셔츠에 반바지를 입고 머리를 뒤로 질끈 묶어 발랄하고 시원한 느낌을 주었다.

"민정 씨, 오래 기다렸나요?"

"조금 전에 왔어요."

민정은 상냥하게 대꾸했다. 민정은 외출하자 기분이 좋은지 밝은 표정을 지었다. 노 주임은 속으로 박민정이 시골에 가자는 제의를 거절하지 않기를 간절히 바랐다. 노 주임은 곧바로 본론에 들어갔다.

"민정 씨, 이번 여름휴가 계획은 세웠습니까?"

"시골집에 갔다가 서해안 바닷가나 잠깐 다녀올까 합니다."

"그럼 시간이 많이 남겠군요?"

"읽고 싶은 책도 읽고요."

"그리고 또 다른 계획은 없습니까?"

"심문하듯이 뭘 그리 꼬치꼬치 캐물어요?"

민정은 갑자기 목소리 톤을 바꾸어 노 주임을 쥐어박았다. 노 주임은 조심스럽게 만나자고 한 이유를 털어놓았다.

"실은 민정 씨와 고향에 함께 가고 싶어 만나자고 했습니다."

"자다가 홍두깨 내밀 듯 불쑥 고향에 함께 가다니, 그게 무슨 말이에요?"

"부모님께 민정 씨를 소개하려고요."

"난 못 가요! 아니, 안 가요!"

민정은 머리를 좌우로 흔들면서 칼로 무 자르듯 거절했다. 노 주임은 강한 어퍼컷을 얻어맞은 것처럼 어질어질했다. 이어서 정신을 가다듬으려고 찬물을 벌컥벌컥 들이켰다.

'처음에는 당연히 거절하겠지. 속없는 여자가 아니라면 한 번쯤

튕겨보는 게 당연하지.'

노 주임은 열 번 찍어 안 넘어가는 나무 없다는 속담을 되새기며 밀고 당기기를 본격적으로 시작했다.

"소를 물가까지 끌고 가도 물은 못 먹이듯이 민정 씨가 버티면 나도 어쩔 수 없지요."

"고향에 날 데리고 가려는 건 부모님께 결혼상대자로 소개할 목적 아니에요?"

"물론입니다."

"지금 우리 사이가 그럴 단계인가요?"

민정은 도끼눈을 하고 쏘아보았다. 마치 한바탕 싸우기라도 할 듯이 도전적인 눈빛이었다. 노태무는 민정을 자극하지 않으려고 우회적인 화법을 동원했다.

"결혼하는 데 단계가 필요하다는 말 머리털 나고 처음 들어봅니다."

"노 주임님, 품질관리 공부만 하지 말고 인생 공부도 하십시오."

"결혼은 분임조 활동이 아니어서 단계가 필요 없는 줄 알았는데 그게 아닌 모양이네요."

"제대로 앵두의 맛을 보려면 익을 때까지 기다리는 건 당연하잖아요?"

"나는 덜 익어서 시고 떫은 앵두를 더 좋아합니다."

"그렇다고 바늘허리 매서는 쓰지 못합니다."

"민정 씨, 경고하는데 우리 결혼식 올릴 때 주례 서실 분까지 예약했으니 꽁무니 뺄 생각하지 마세요.?"

"그 무슨 개가 풀 뜯어 먹는 소리를 하세요?"

민정이 빈정거리자 노태무는 숨겨 뒀던 말을 죄다 털어놓았다.

"오늘 오전에 시골로 전화를 걸어 민정 씨와 함께 갈 테니 맛있는 음식을 만들어 놓으라고 어머니께 미리 부탁했거든요."

"그따위 거 내가 알게 뭐에요?"

"어머니는 엄나무에다 인삼까지 넣고 삼계탕을 폭 끓여 놓을 테니 점심시간에 맞춰 오라고 신신당부하셨습니다."

노 주임은 사정하듯 매달려서는 민정이 꿈쩍도 하지 않을 게 빤해 거짓말을 총동원해 압력을 가했다.

"아니, 나한테는 일언반구도 없다가 엄포까지 놓다니 이건, 나를 발가락 사이의 때만큼도 안 여기는 처사 아닌가요?"

민정은 노 주임의 돈키호테식 행동에 분통을 터뜨렸다. 노 주임은 이번 기회를 놓치면 민정과의 결혼이 무산될지 몰라 비상수단을 발동하였다.

"좋습니다. 민정 씨가 고향에 가기 싫으면 이리로 부모님을 모시고 오겠습니다. 그래도 만나지 않겠습니까?"

노태무는 이판사판으로 부모님에게 인사를 시키겠다고 밀어붙였다. 민정은 울상을 지으며 결혼을 빨리 못하는 이유를 솔직히 밝히었다.

"그전에도 몇 번 말했듯이 전 아직 결혼할 형편이 못 됩니다."

"결혼할 형편이 못 되다니, 개인 사정인가요? 아니면 집안 사정 때문인가요?"

"실은 어머니가 치매를 앓는데 증상이 심해 식구도 잘 알아보지 못할 정도입니다."

"결혼해서 우리가 치료받도록 도와드리면 나을지 누가 압니까?"

"죄 없는 사위가 왜 고생해야 합니까?"

"민정 씨, 며느리도 자식이듯이 사위도 자식에 해당합니다."

"말은 고맙지만, 전 받아들일 수 없어요."

민정의 눈가에 눈물이 어리었다. 남편을 잘 못 만나 젊었을 때부터 어머니가 겪은 고생을 생각하면 가슴이 찢어지게 아팠다.

노 주임은 눈물을 닦으라고 화장지를 민정에게 건네주었다. 민정이 울음을 그치자 노태무는 오 상무가 준 돈 봉투를 탁자에 내놓았다.

"민정 씨, 이게 뭔지 압니까?"

"그게 뭔데요?"

민정은 호기심이 이는지 봉투에 시선을 주었다.

"궁금하면 봉투 안을 들여다보세요."

민정은 조심스럽게 봉투를 집어 들었다. 호기심 가득한 눈빛으로 그 봉투 안을 들여다보았다.

"이거 돈 아닙니까?"

"돈 맞습니다."

잔뜩 기대했던 요술 상자를 열어보고 난 뒤 시시한 물건이 나와 실망한 아이처럼 민정은 입을 삐쭉 내밀었다. 민정은 노 주임의 행동이 이해가 안 돼 시비조로 물었다.

"봉투 안을 왜 들여다보라고 했어요?"

"민정 씨, 같은 돈이라도 주는 사람에 따라 의미와 가치가 전혀 다르다는 사실 알지요?"

노 주임은 돌중이 염불을 외우듯 뚱딴지같은 말을 내뱉었다. 민정은 화가 나 사나운 목소리로 쏘아붙였다.

"노 주임, 변죽만 울리지 말고 알아듣기 쉽게 말하세요."

"이 돈이 100,000원이지만 나에게는 가치를 헤아리기 어려운 돈입니다."

"도대체 이 돈이 무슨 돈인데 잠꼬대 같은 소리를 하세요?"

민정은 노 주임이 돈 봉투를 내놓고 횡설수설하는 그 저의가 뭔지 알 수가 없었다. 민정은 컵을 들어 생맥주를 벌컥 마시고는 안주를 질겅질겅 씹었다.

"이 돈은 내가 민정 씨와 시골 간다니까 오 상무님이 격려금으로 하사한 돈입니다."

"그럼 저와 시골에 함께 간다고 오 상무님께 보고했단 말입니까?"

"그건 민정 씨 상상에 맡기겠습니다."

노 주임은 사실대로 밝히지 않고 적당히 얼버무리었다. 민정은 노 주임의 이해 불가한 해동을 맹렬히 비난했다.

"우리 둘만의 일을 오 상무님한테 보고하다니 정신 나간 사람 아니에요?"

"공교롭게 오 상무한테 알려진 거니까 그 사연을 알고 싶으면 나하고 시골 같이 가요. 시골 가서 다 밝혀 줄 테니까."

노 주임이 궁금증만 부풀려놓자 민정은 드디어 노 주임에게 사정하였다.

"노 주임님, 어떻게 된 건지 빨리 이실직고하세요."

"이야기해 줄 테니 시골 나하고 함께 간다고 약속해요."

"얘기를 들어보고 결정할게요."

"믿어도 돼요?"

"뜸 그만 들이고 빨리 말해봐요."

마침내 민정은 속이 타는지 재촉까지 했다. 노 주임은 목소리를 낮추어 민정의 궁금증을 풀어주었다.

"실은 공중전화로 시골에 계신 어머니와 통화하는 내용을 오 상무님이 우연히 들었나 봐요."

"그 말 믿어야 하나요?"

"통화를 마치자마자 오 상무가 다가오더니 자기 방으로 오라고 하더군요. 무슨 일인가 궁금해 오 상무를 찾아갔더니 돈 봉투를 주시더라고요."

"그게 정말이에요?"

"오 상무는 봉투를 주면서 가을에는 좋은 소식을 들려달라고 하더군요. 그러면서 나이가 많으니 아들을 빨리 낳으라고 뼈 있는 농담을 툭 던졌어요."

"노 주임님, 오 상무를 팔면서 거짓말에 허풍까지 섞어 꼬드기는데 난 안 넘어갑니다."

"민정 씨, 내 자존심 그만 짓밟으세요."

"썩을 놈의 세상, 믿을 놈이 없어! 여기저기 사기꾼들 천지야!"

민정은 오 상무 노 주임을 싸잡아 비난했다. 노 주임은 불쾌해서 견딜 수 없는지 험악한 목소리로 반격을 가하였다.

"민정 씨, 이 노태무가 장가를 못 가 환장한 놈처럼 보입니까? 더구나 오 상무를 팔아 민정 씨를 꼬드기려고 야바위꾼 짓을 할 놈으로 봤다면 여기서 우리 끝냅시다."

예상외로 노 주임의 반발이 거세자 민정은 당황했다. 노 주임은 생맥주를 연거푸 들이키며 화를 달래려고 애썼다. 민정은 경솔하게 입을 놀린 걸 후회했다. 어렵게 쌓아 올린 두 사람의 관계가 순간에 와르르 무너진다고 가정하자 슬픔이 가슴을 때렸다.

"노 주임님, 내 말이 몹시 불쾌했나 보네요."

"그따위 사과는 필요 없고 나와 함께 부모님 뵈러 갈 건지 말 건지 그거나 답하세요."

박민정은 손으로 머리칼을 쓸어넘기다가 결단을 내렸다.

"좋아요. 죽은 사람 소원도 풀어준다는데 산 사람 소원 안 들어

주면 두고두고 원망하겠지요?"

"마음 내키지 않으면 안 가도 좋아요."

노 주임이 민정의 기를 꺾으려고 일부러 배짱을 튕겼다. 민정은 사과하듯이 상냥한 목소리로 만날 장소와 시간을 먼저 정했다.

"다음 토요일 오전 8시에 역 앞에 나와 기다릴게요."

"환갑 넘은 승용차로 모실 테니 불편하더라도 참으세요."

"썩어도 준치라고, 덜덜거리는 버스 타고 가는 것보다는 낫겠지요."

노 주임은 못처럼 예쁘다는 말을 동원해 민정의 자존심을 한껏 살려주었다.

"민정 씨, 오늘도 엄청 예쁘지만, 우리 부모님들 까무러치게 그날은 더 예쁘게 차리고 나와야 합니다."

"피⋯."

민정은 기분이 좋은지 입을 삐죽 내밀고 생긋 웃었다.

노 주임과 민정이 승용차를 타고 시골로 향하던 날 하늘에는 먹구름이 담뿍 끼었다. 10여 일 계속된 불볕더위에 시달려 가로수 잎들이 시들시들했다. 들판은 무성하게 자란 벼들로 뒤덮였고, 푸른 비단 자락을 깔아놓은 것처럼 보기 좋았다.

구절양장(九折羊腸)처럼 꼬불꼬불한 비탈길을 오르기에 무척 힘이 드는지 고물 승용차는 헉헉거렸다. 산허리를 잘라 만든 비포장도로는 험하기 이를 데 없었다. 절벽 아래에 펼쳐진 호수는 아득했다.

자칫 잘못해 차가 아래로 구르기라도 하면 뼈도 못 추리고 저승 사잣밥 되기 딱 좋았다.

민정은 손수건으로 이마에 흐른 땀을 연신 훔쳐내다가 짜증 섞인 목소리로 물었다.

"노 주임님, 고향에 도착하려면 얼마나 더 가야 하나요?"

"한 시간만 가면 고향에 도착합니다."

짐을 가뜩 싫은 채 앞에 가던 트럭이 기어를 저속으로 바꾸었는지 스컹크가 방귀를 뀌듯 시커먼 연기를 확 내뿜었다. 민정은 '아휴!' 하고 손수건으로 입과 코를 틀어막더니 열었던 차창 문을 재빨리 닫았다.

"노 주임님, 앞 차 추월 좀 할 수 없나요?"

"추월하다가 잘못하면 차가 절벽 아래로 굴러떨어진다고요."

"처녀 귀신 몽달귀신 돼서 저세상에서 함께 살면 되잖아요?"

"거꾸로 매달아도 이 세상이 좋아 죽기 싫습니다."

"개차반 같은 인간들이 득실거리는 이 세상이 좋긴 뭐가 좋아요? 도둑놈, 사기꾼, 정상배, 야바위꾼, 얼굴에 철판을 뒤집어쓴 악당들의 꼬락서니가 보기 싫어 미치겠어요."

"세상을 지나치게 비판적으로 바라보면 정신건강에 안 좋습니다. 인간이란 물질문명이 발달할수록 사악해지고 탐욕스러워지는 족속이니까 한쪽 눈은 질끈 감고 살라고요."

"노 주임은 달관(達觀)해서 나하고 결혼하지 않아도 외롭거나 쓸쓸하지 않겠네요."

"민정 씨, 너무 튕기지 말아라. 메뚜기도 오뉴월 한 철이라고 남자가 목을 매달고 결혼하자고 통사정할 때가 좋은 줄 아세요."

"결혼하지 못해서 숨넘어간 여자 없다고요."

"민정 씨, 이 노태무 같은 사내 만나기도 쉽지 않습니다."

"나 아니면 노 주임 총각 딱지 떼줄 여자 없어요."

"아! 나 벌써 총각 딱지 뗐는데 어쩌지요?"

"뭐라고요?"

박민정은 노 주임의 손등을 손가락으로 세차게 꼬집었다. 노태무는 '아!' 하고 비명을 내질렀다. 노태무와 박민정은 하하 호호거리며 한바탕 웃어젖혔다.

흙먼지가 풀풀 날리는 길을 돌고 돌아 산 정상에 오르자 아담한 휴게소가 나왔다.

노 주임은 휴게소에서 음료수 두 캔을 산 뒤 탁자에 앉았다. 노 주임은 음료수를 마시며 젊은 주인 여자에게 시선을 주었다. 그녀는 앞가슴이 깊게 파인 소매 없는 티셔츠를 입은 채 선풍기 앞에 앉아서 더위를 식혔다. 젖가슴의 윤곽이 확연히 드러나 무척 육감적이었다. 민정은 노 주임에게 눈을 흘기며 톡 쏘아붙였다.

"노 주임님, 뭘 그리 넋 놓고 쳐다봐요?"

"텔레비전을 보았습니다."

노 주임은 시선을 텔레비전으로 얼른 돌리고는 딴전을 피웠다. 민정은 입을 삐죽거리며 자리에서 팔딱 일어났다.

"민정 씨, 어디에 갑니까?"

"남이야 어디 가든 상관 말고 애 대갈통만 한 아줌마 젖가슴이나 실컷 쳐다보라고요."

그때 텔레비전 화면 하단에 기상 특보가 자막으로 나왔다.

"경기 남부 일부 지역에 호우 경보 발령. 집중 호우가 내려 일부 저지대 침수 발생."

"어! 성하직물 공장은 지대가 낮아 침수가 잘 되는데 걱정되네."

노 주임은 텔레비전 화면을 보면서 혼자 중얼거렸다.

그때 민정이 손수건으로 얼굴을 훔치며 휴게실 안으로 들어섰다. 노 주임은 민정에게 걱정스러운 목소리로 말했다.

"민정 씨! 큰일 났습니다."

민정은 노 주임의 다급한 목소리에 눈을 똥그랗게 뜨고 자리에 앉았다.

"큰일이라니 무슨 일인데요?"

"공장이 물에 잠겼을 가능성이 커요."

"그쪽에 비가 많이 왔나 보죠?"

"많이 온 정도가 아니라 집중 호우가 내려 저지대는 침수가 우려된다고 하네요."

"적자투성인 공장인데 수해까지 당하면 엎친 데 덮친 꼴이네요."

민정은 침울한 목소리로 4년 전에 발생한 수해 이야기를 꺼냈다.

"그때도 공장이 침수되어 2주일 동안 제품을 생산하지 못했잖아요."

"그때 사원들 고생 많았지요!"

"게다가 제품 창고며 원자재 창고가 물에 잠겨 회사가 엄청난 손해를 봤거든요."

"또 그런 일이 되풀이되면 성하직물은 영원히 적자의 늪에서 헤어나지 못할 텐데 눈앞이 캄캄하네요."

노 주임은 공중전화가 없나 휴게실 안을 두리번거리다가 자리를 박차고 밖으로 나왔다. 마당 가에 설치된 공중전화 박스로 후다닥 뛰어갔다. 동전을 꺼내 전화기에 넣고는 그의 부서 직통전화번호를 돌렸다. 신호가 한참 가도 전화를 받는 사람이 없었다. 발신 버튼을 누르고 다시 경비실 전화번호를 돌렸다. 신호가 가자 경비원이 전화를 받았다.

"여보세요! 저 혁신팀에 근무하는 노태무입니다. 집중 호우가 왔다는데 공장은 괜찮습니까? 난리가 났다고요? 그럼 공장이 침수되었습니까? 지금 어떤 상태입니까? 간부들한테 비상 연락을 취하는 중이라고요? 오 상무님은 나와 계시죠? 미안하지만 이 전화를 오 상무님실로 돌려주시겠습니까?"

노 주임은 수화기를 잡은 채 초조하게 기다렸다. 신호가 계속 가도 전화를 받지 않았다. 노 주임은 전화를 끊고는 부리나케 휴게실로 돌아왔다. 민정은 불안에 떨면서 노 주임이 들어오자 다급하게 물었다.

"노 주임님, 공장이 어떤 상태라고 하던가요?"

"아무래도 공장이 물바다가 된 게 틀림없어요."

"누구하고 통화했어요?"

"경비원하고 통화했는데 전 직원 비상 소집했다고 하네요."

"그럼 우리는 어쩌지요?"

민정은 울상을 지었다. 노 주임은 안절부절못하다가 고향 집에 가서 회사로 다시 전화하기로 하고 민정과 함께 차에 올랐다.

차를 몰아 고향으로 향하는 노 주임의 기분은 땡감 씹은 기분이었다. 공장이 침수되었는데 민정과 함께 고향을 찾아간다는 게 조금도 즐겁지 않았다. 마치 윗집은 사람이 죽어 '아이고, 아이고.' 우는데 아랫집에선 장구 치고 꽹과리 두들기며 신명 나게 노는 꼴이나 다름없었다.

민정과 연분이 아닌가? 우여곡절이 많은 결혼은 여자가 애 날 때 유난히 요란을 떤다는데 쌍둥이라도 낳으려나? 한꺼번에 아들 녀석 둘을 보면 장가 늦게 간 거 단번에 만회하는데, 그렇게 되면야 생산성 만점에다 지상 최고의 결혼 품질이지.

동네
방송국장

한참 달려 그들이 도착한 곳은 20여 가구가 옹기종기 이마를 맞댄 한적한 산골 마을이었다. 동네 앞 논에는 벼가 무성하게 자랐고, 나무가 우거진 야트막한 산이 동네를 병풍처럼 에워쌌다.

노태무의 고향 집은 파란 기와를 올린 자그마한 농가 주택이었다. 담에는 호박 덩굴이 치렁치렁 매달렸다. 헛간에서 낮잠을 즐기는 누렁이의 모습이 한가롭기 짝이 없었다.

노태무와 민정이 집안에 들어서자 마루에서 선풍기 바람을 쐬던 어머니는 왼쪽 신발과 오른쪽 신발을 바꿔 신고 마당으로 뛰어 내려왔다.

노태무가 민정을 소개하자 어머니는 주름진 얼굴에 환한 웃음을 짓고는 입을 열었다.

"먼 촌구석까지 오느라고 욕봤지?"

"안녕하세요. 처음 뵙겠습니다."

민정은 다소곳이 고개를 숙여 인사를 올렸다.

그들이 마루에 앉아 잠시 땀을 식히는데 아버지가 뒷짐을 지고 어슬렁어슬렁 집안으로 들어섰다. 노태무는 아버지와 어머니보고 앉으라고 하고는 민정과 함께 나란히 절을 올렸다.

"아버지, 저와 민정이는 같은 회사에서 근무합니다."

"그려? 더운데 집 뒤 가서 어서 씻어라. 산에서 내려오는 물이라 시원할 거다."

긴장한 탓에 땀을 뻘뻘 흘리는 민정이 불편할까 봐 아버지는 먼저 자리에서 일어나 대청마루로 갔다.

노태무는 방을 나와 선물 꾸러미를 차에서 꺼내다 어머니에게 드렸다. 그때 50쯤 돼 보이는 고모가 플라스틱 반찬 통을 들고 집 안으로 들어서며 "태무야! 색싯감 데리고 왔다며?" 하고 목청을 높였다.

고모는 노태무 인사는 받을 생각을 않고 민정을 눈여겨보고는 "어마! 참한 색싯감 골랐네, 그려." 하고 이를 드러내고 씩 웃었다.

노태무는 싱글거리다가 민정에게 말했다.

"민정 씨, 고모님한테 인사드려요. 우리 동네 방송국장이라서 엄청 시끄러워요."

"고모님, 안녕하세요?"

얼굴이 빨개진 민정이 고개를 숙여 인사하자 고모는 기분이 좋은지 코를 벌름거리며 웃었다. 고모는 김치가 든 플라스틱 통을 보여주며 생색을 냈다.

"너희들 주려고 막 담은 열무김치 갖고 왔다. 보리밥에 열무김치, 고추장, 들기름 넣고 썩썩 비며 먹으면 귀신이 옆에 와서 침을 질질 흘릴 거다."

인사를 마친 뒤 노태무는 안방에 들어갔다. 수화기를 들고 오 상무 직통 전화번호를 재빨리 돌렸다. 신호가 한참 가자 오 상무가 전화를 받았다. 노태무는 오 상무 목소리가 또렷하게 들리지 않아 큰소리로 외쳤다.

"저 노태무 주임입니다."

"휴가 중인데 노 주임이 무슨 일로 전화했소?"

"공장이 침수됐다는데 궁금해서 전화를 드렸습니다."

"그런 걱정은 하지 말고 휴가나 잘 보내시오."

오 상무는 아무 일도 없는 것처럼 태연하게 말했다. 노태무는 궁금증이 풀리지 않아 되물었다.

"공장이 큰 피해를 보지 않았다는 말씀인가요?"

"피해를 보기는 했는데 간부들하고 사원들이 복구작업을 하는 중이니까 걱정하지 말아요."

"상무님, 공장이 물에 잠겼는데 못 본 체하다니, 말이 안 되잖아요?"

"어허! 회사 일에 신경 쓰지 말고 민정 양과 재미난 시간이나 보내라니까요."

오 상무는 길게 이야기할 시간이 없는지 일방적으로 전화를 끊었다.

노태무는 수화기를 스르르 놓고 자리에서 일어나 밖으로 나왔다. 공장으로 달려갈 수도 없고, 그렇다고 모른 체할 수도 없는 진퇴양난이었다.

'모처럼 고향에 왔는데 곧장 돌아가겠다고 하면 부모님이 섭섭하실 게 빤한데 어쩌면 좋지? 오 상무님이 나한테 베푼 호의를 봐서라도 이대로 고향에 머물면 안 돼. 공장에 달려가 물 한 바가지라도 더 퍼내고 자재 한 롤이라도 더 건져내는 게 사원의 도리야. 그런데 고향에 와서 민정에게 식사 한 끼 대접하지 못하고 그대로 돌아간다는 것도 예의가 아니니까 점심은 먹고 가자.'

노태무는 사랑방 툇마루에 걸터앉은 민정에게 달려갔다. 민정은 자리에서 일어나더니 노태무에게 물었다.

"노 주임님, 공장이 어떻대요?"

"공장이 완전히 물바다가 된 게 틀림없어요."

"그렇다면 우리 1분이라도 빨리 출발해요. 점심은 가다가 먹고요."

"모처럼 고향에 와서 점심조차 안 먹고 가면 어떻게 합니까? 미안하게."

"노 주임님, 그런 걱정하지 말고 빨리 출발 준비해요. 지금 먹는 거 타령이나 할 때가 아니잖아요? 공장이 풍전등화의 위기에 처한 마당에 한 끼쯤 굶으면 어때요?"

민정은 노태무의 팔을 잡고 재촉했다. 노태무는 결단을 내리지 못하고 우물쭈물했다. 민정은 사랑방에서 백을 들고 와 승용차 뒷자리에 실었다. 노태무는 운전석에 오르려다가 다시 차 문을 닫고는 민정에게 말했다.

"오 상무가 공장은 걱정하지 말고 민정 씨와 즐거운 시간이나 보내라고 말씀하셨으니까 점심 먹고 쉬었다가 출발하자고요. 5시간 가까이 차를 몰았더니 무척 피곤하네요."

"무슨 말인가 알았어요."

민정은 고개를 끄덕였다. 노태무는 민정의 팔을 잡고는 다시 집 안으로 들어왔다.

조금 기다리자 어머니가 엄나무에 인삼까지 넣어 끓인 삼계탕을 내왔다. 노태무는 땀을 뻘뻘 흘리며 맛있게 먹는데 민정은 고기 몇 첨을 뜯어먹고는 젓가락을 놓았다.

"민정 씨, 삼계탕이 맛없습니까?"

노 주임이 국물을 훌훌 마시고 나서 민정에게 물었다.

"공장이 침수됐다는 소식을 들었더니 입맛이 싹 가시네요."

"그러지 말고 삼계탕 끓인 사람 성의를 봐서라도 다 먹어요."

민정은 마지못해 수저를 들어 삼계탕 국물을 떠먹었다.

점심을 먹고 난 뒤 노태무는 집에서 얼마 떨어지지 않은 호수로 민정을 데리고 갔다. 호수 주위에는 숲이 울창했다. 숲에서 싸한 냄새가 풍겨왔다. 그 냄새는 풀냄새 같기도 했고, 소나무 잎에서 나는 향내 같기도 했다.

노태무는 큰 소나무 밑에 설치한 벤치에 앉았다. 노태무는 옆에 앉은 민정에게 물었다.

"민정 씨, 물이 수정처럼 맑지요?"

"게다가 한적하고 경관이 좋네요."

"이런 곳에 별장을 지어놓고 휴가 때 놀러 오면 살맛이 나겠죠?"

"우리 같은 주제에 별장은 무슨 별장에요."

"미리 포기할 필요 없어요. 노력하면 큼직한 아파트도 장만하고, 아이를 낳아 우리가 못 다닌 대학도 보내고. 번쩍이는 승용차, 큰 냉장고도 사 놓고, 이따금 해외여행도 다니자고요. 우리는 꿈과 희망이 넘치는 청춘 아닙니까?"

"듣기만 해도 가슴이 뿌듯하네요."

삽상한 바람이 솔솔 불어왔다. 민정은 손가락으로 머리칼을 쓸어

넘기며 연신 한숨을 내쉬었다.

"민정 씨, 이 호수엔 나한텐 많은 추억이 담긴 곳입니다."

"…?"

민정은 눈빛을 반짝거리며 노 주임의 말에 귀를 기울였다.

"내가 어렸을 때 일을 하기 싫어 집에서 도망치거나 용돈을 달라고 보채다가 어머니한테 야단을 맞으면 이곳에 찾아와 울적한 마음을 달래곤 했지요."

노태무는 집안 형편이 어려워 대학교 진학을 아예 포기하고 실업계 고등학교에 들어갔다. 입학원서를 쓴 날 부모가 원망스러워 소주 한 병을 나발 분 다음 한밤중까지 호숫가에서 쓰러져 잤다.

그뿐이 아니었다. 고등학교 2학년 때는 한동네에 사는 여고생한테 연애편지를 열두 번이나 보내놓고 호수에 나와 주기를 기다리다가 소나기만 흠뻑 맞았다. 노태무는 화딱지가 나 그 여학생 집 담장에 매달린 호박을 칼로 푹푹 찔러놓았다. 나중에 안 사실이지만 그녀가 만나 주지 않은 이유는 얼굴이 못생겨서도 아니었고, 동네 사람들의 이목이 두려워서 피한 게 아니었다. 다만 실업계 고등학교에 다니기 때문에 장래성이 없어 만나 주지 않았다고 했다.

노 주임의 이야기를 다 듣고 난 뒤 민정은 손등으로 눈가를 훔쳤다. 징글징글한 가난의 대물림으로 정규 여자고등학교 대신 산업체 부설학교에 다니며 겪었던 일들이 악몽처럼 되살아났기 때문이었다.

박민정이 중학교를 졸업할 무렵, 담임선생이 국내 굴지의 섬유회사에서 취업설명회를 개최하니 취업을 원하는 학생은 강당에 모이라고 알려주었다. 민정은 취업설명회에 참석하는 게 부끄럽고 자존심이 상했으나 호기심도 없지 않았다. 기업체에 입사하면 월급을 줄 뿐 아니라 고등학교 과정까지 가르쳐 준다니, 일거양득이요 도랑 치고 가재 잡는 격 아닌가?

집에서 멀리 떠나면 수시로 벌어지는 골치 아프고 짜증 나는 일을 직접 보지 않기 때문에 더욱 구미가 당겼다.

돈 때문에 식구들 사이에 매일같이 큰소리가 오가고, 집이 없어 잊을 만하면 옮겨 다니는 월세살이, 다섯 식구가 돼지처럼 우글거리며 살아야 하는 옥탑방, 객지에서 떠돌아다니다가 가뭄에 콩 나듯이 집에 와서는 어머니하고 대판거리 싸움질만 하고 휭 집을 나가 버리는 아버지, 식당 일을 하면서 얻은 신경통으로 매일 진통제를 먹지 않고는 잠을 못 이루는 어머니, 5년 전에 중풍을 맞아 반신불수가 되어 송장이나 다름없는 할머니, 재수한답시고 학원에 다니면서 공부는 안 하고 건달패들과 어울리면서 사고만 치는 오빠 민철이.

민정은 며칠 동안 밤잠을 설치며 고민한 끝에 여자고등학교 아닌 산업체 부설학교가 설립된 기업체에 입사하기로 마음을 정했다.

민정이 명천섬유에 입사하기 하루 전날은 아침부터 함박눈이 펑펑 쏟아졌다. 민정은 낡아서 소매 끝에 보풀이 핀 검정 외투를 걸

치고 집에서 나왔다. 눈을 맞으며 길을 한참 걷다가 버스를 타고 시내 번화가에서 내렸다. 숱한 사람들이 길에 쏟아져 나왔다. 어른 이나 아이 모두 눈을 맞으며 길을 걷는 게 신나는 모양이었다. 거 리의 사람들 얼굴에는 환한 웃음이 가득하였다.

하지만 민정의 얼굴에는 슬픈 그림자가 짙게 드리워졌다. 같은 반 애 중에는 자신보다 성적이 한참 처지는데도 정규 고등학교에 진학하는데 자신은 가난의 굴레 때문에 산업체 부설학교에 갈 수 밖에 없는 처지가 몹시 서글펐다. 아니, 비참했다.

민정은 눈물이 쏟아져 손등으로 연신 눈가를 훔쳤다. 민정은 혹 시 같은 반 친구라도 만날까 봐 고개를 푹 숙인 채 길을 무작정 걸 었다. 목적지도 없이 한참 걷다 보니 민정의 머리며 어깨 위에 함박 눈이 내려앉아 눈꽃이 피었다.

그녀가 기차역 근처까지 와 길에서 서성거리는데 한 남학생이 어 깨를 툭 치며 아는 체를 했다.

"너, 민철이 동생 민정이 아니니?"

민정은 깜짝 놀라 고개를 들고 그의 얼굴을 올려다봤다. 그는 초 등학교 때 시골 같은 동네에서 살았던 오빠 민철이 친구 종섭이었 다. 눈을 뒤집어쓴 채 앞을 가로막은 그의 허여멀건 한 얼굴에는 이유를 알 수 없는 웃음이 가득하였다.

"민정이 너 울었구나? 집에 나쁜 일이라도 생겼니?"

"아무것도 아니야, 오빠."

"우리 빵 먹으러 가자."

종섭은 민정의 머리칼에 앉은 눈을 손으로 털어주며 말했다. 종섭은 다짜고짜 민정의 손을 잡고 제과점으로 끌고 갔다. 자리에 앉아서도 종섭은 계속 싱글댔다. 민정은 궁금해 슬쩍 물어보았다.

"오빠, 아까부터 싱글벙글 웃는데 도대체 무슨 일이야?"

종섭은 민정의 물음에는 답하지 않고 엉뚱한 질문을 하였다.

"네 오빠 민철이는 어느 대학교에 지원했니?"

"오빠는 대학교 가는 거 아예 포기했어."

"그래?"

"종섭이 오빠는 좋은 대학에 붙은 모양이네?"

"민정아, 이것 봐라."

종섭이가 카키색 오리털 파카 호주머니에서 대학교 합격증서를 꺼내 민정에게 내밀었다. 그것도 서울 소재 명문대학의 합격 통지서였다. 민정은 그걸 본 순간 가슴이 콩닥콩닥 뛰었다. 종섭이가 부럽기도 하고 갑자기 시기심이 일었기 때문이었다. 민정은 마음이 내키지 않았으나 축하의 말을 전했다.

"오빠, 일류대학 합격을 축하해."

"내가 합격한 과에 지원자가 엄청나게 몰려서 떨어질까 봐 바싹 얼었거든."

종섭은 자랑하지 않고는 못 견디겠다는 듯이 묻지도 않는 말을 떠벌렸다. 민정은 듣지 말아야 할 말을 들은 것처럼 속이 부글부글

끊었다. 늘 가슴 한쪽에 쌓인 열등감과 잘 사는 사람을 향한 쓸데없는 증오심이 마음을 흔들어 놓았기 때문이었다.

"참, 민정이 너도 이제 고등학교에 들어가지? 내가 겪어 봐서 하는 말인데 일 학년 때부터 정신 바짝 차리지 않으면 똥통 대학교밖에 못 간다. 이름 있는 대학교 들어가려면 학원도 부지런히 다녀야 하고 죽으라고 공부해도 턱걸이로 들어갈지말지이다."

민정은 종섭이가 으스대며 계속 떠들어대는데도 고개를 떨군 채 침묵을 지켰다. 민정은 가정 형편 때문에 여자고등학교에 가지 않기로 했다고 밝히는 게 죽기보다 더 싫었다. 하지만 숨긴들 숨겨질 일이 아니어서 민정은 산업체 부설학교에 가기로 했다고 실토하였다.

"오빠, 난 명천섬유에 입사해 돈 벌면서 공부하기로 했어."

"돈 벌면서 공부를 해?"

처음에는 의아한 눈길을 보내던 종섭은 수치심이 가득한 민정의 얼굴을 보고는 얼른 말투를 바꾸었다.

"음, 산업체 부설학교에 가는구나. 참 잘했다. 집에 많은 도움이 되겠구나. 명천섬유는 서울에서 가까우니까 시간 나면 대학교에 놀러 와라."

"오빠, 고마워. 대학교 축제 때 꼭 놀러 갈게."

종섭은 한참 떠들다가 시계를 들여다보더니 자리에서 후닥닥 일어났다.

"어! 친구하고 약속했는데 시간이 많이 지났네."

종섭은 민정의 어깨를 툭툭 쳐주고 빵집에서 서둘러 나갔다.

민정은 입사 초기에는 명천섬유에서 일하는 게 재미났다. 같은 또래의 애들과 깔깔대며 손수레에 원사 고리를 실어 나르는 일도 그다지 힘들지 않았다. 반년쯤 지나 공장 안 청소 같은 걸 하면서 기계에서 원사가 쉴 사이도 없이 뽑혀 나오는 걸 보면 놀랍다 못해 신기하였다.

2학년에 올라가자 민정은 허드렛일을 그만두고 생산라인에 배치되었다. 호대원이 되어 기계 앞에서 실이 제대로 뽑히나 지켜보는 일을 주로 맡았다.

어느새 자신이 무척 성장한 느낌이 들었고, 혼자서도 세상을 살아갈 능력이 길러졌다는 자신감도 생겼다. 자신의 손길을 거쳐 생산된 제품이 수만 리 떨어진 해외 여러 나라로 수출된다는 사실을 알면서 일하는 보람도 느꼈고, 가슴 또한 뿌듯했다.

그러나 하루 8시간씩 작업을 하고 나서 수업을 받으려니까 1학년 때와는 달리 2학년이 되자 자주 졸름이 밀려왔다. 몸이 나른하면서 야근을 하고 낮에 수업을 받을 때면 수시로 코피가 쏟아졌다. 그럴 때면 화장실에 달려가 찬물로 이마를 적신 후 휴지로 코를 틀어막고 수업을 억지로 받았다.

　하루하루 보내기가 지겹고 일하는 게 힘이 들자 민정은 가난을 떨쳐버리지 못한 부모를 새삼 원망하였다. 그뿐만 아니라 자신에게 무관심한 어머니가 너무 미웠다. 다른 애들 어머니는 적어도 한 달에 한 번씩은 스테인리스 통에 푹 삶은 삼계탕을 담아서 회사에 찾아오곤 했다. 딸을 면회실로 불러내 탁자에 마주 앉아 닭 뼈를 골라내며 "아무리 젊은 삭신이라도 밤잠도 못 자며 일하면 몸이 축나는 법이여. 먹기 싫어도 몸 생각해서 다 먹으란 말이여. 왜 닭 껍질은 안 먹어, 이것아. 그게 몸에 제일 좋은 건디."라고 딸애의 건강을 걱정해 주면서 콧잔등에 송골송골 맺힌 땀을 손수건으로 훔쳐 주는 부모들을 자주 보았다. 민정은 집을 떠나온 지 일 년이 훌쩍 지났건만 어머니가 회사에 한 번도 찾아온 적이 없었다.

　지난 설날 집에 갔을 때였다. 민정은 점심밥을 차리다가 낭패를 당하였다. 다리가 접히면서 상이 쓰러지는 바람에 음식이 부엌 바닥에 쏟아졌다. 민정은 속이 상해 "엄마, 내가 보낸 준 돈은 어디에 쓰고 몇 푼이나 한다고 밥상 하나 사 놓지 못했어? 어이구 우리 집에는 돈 잡아먹는 귀신들만 사는가 봐." 하고 짜증을 부렸다. 어머니는 퉁명스럽게 "네가 보낸 준 돈이 얼마나 된다고 그리 생색을 내는 거냐. 살림하다 보면 돈 들 데가 한두 곳인 줄 알아? 자식이란 돈 벌면 응당 집에 보태 주는 게 당연하지.” 하고 오히려 오금을 박았다. 민정은 울화가 치밀어 집 뒷산에서 눈두덩이 퉁퉁 부어오를 때까지 울었다.

마침내 민정은 공부하다가 선홍빛 코피가 책갈피에 쏟아지면 폐결핵 환자가 토해내는 각혈을 연상하며 처참한 감정에 휩싸이곤 했다.

'이러다가 난 죽을지 몰라. 이런 생활을 계속하다가는 무서리를 맞은 꽃봉오리처럼 피어보지도 못하고 시들지 몰라. 회사를 그만둬야 해! 하루라도 빨리 그만두는 게 상책이야. 그렇지 않으면 내 명대로 살아보지도 못하고 죽을 게 틀림없어.'

졸음이 억수로 밀려와도 잠시도 한눈을 팔 수 없고, 무섭게 돌아가는 기계에 얽매인 채 보내야 하는 작업시간, 회사 안에 수용된 채 자신의 의사와 관계없이 억지로 해야 하는 공부, 기숙사에서 취침시간을 넘겨 조금만 재잘대도 말코 상 사감이 쫓아와 가자미눈을 하고 꽥꽥 내지르는 돼지 멱을 따는 소리. 생산라인에 이상이 생겨 손 좀 봐 달라도 하면 짜증부터 내는 기사 놈들의 욕설투성이 말투가 민정의 가슴을 시퍼렇게 멍 들여놓았다.

민정은 처음 회사에 입사할 때 간직했던 기대가 하나둘 무너지면서 날이 갈수록 회사 생활에 염증을 느꼈다.

맑은 햇빛이 눈이 부시게 빛나는 5월의 어느 날이었다.

민정은 편지를 두어 번 주고받은 종섭이에게 자신의 고민을 털어놓고 조언을 받고 싶었다.

민정은 일요일 오전 외출 허가를 받아 서울에서 자취하는 종섭을 찾아갔다. 하지만 종섭은 외출해서 방에 없었다. 민정은 자취방 주인 여자가 종섭이를 만나려면 대학도서관에 가 보라고 하여 인근 캠퍼스로 발길을 돌렸다. 민정은 우람한 대학교 건물을 본 순간 기가 저절로 죽었다.

이런 명문대학교에 다니려면 부잣집에 태어나야겠지. 물론 똑똑하고 잘난 부모를 둬야 하고. 그런데 나는 악귀처럼 따라다니는 가난한 집구석에서 태어났고, 무지렁이 같은 부모를 두었으니 공순이 노릇을 하는 게 어쩌면 당연한지도 몰라.

민정은 도서관 앞에서 서성거리다 벤치에 앉아서 여학생과 웃으며 이야기를 나누는 종섭을 목격하였다. 민정은 벤치로 달려가며 종섭에게 소리쳤다.

"종섭이, 오빠!"

"민정아, 연락도 없이 갑자기 날 찾아오고 어쩐 일이냐?"

민정은 반기지 않는 종섭의 표정을 읽은 순간 무턱대고 찾아온 걸 후회했다. 민정은 무슨 말을 먼저 꺼낼까 망설이다가 용기를 내서 입을 열었다.

"오빠에게 고민거리를 털어놓으려고 왔는데 바쁜 모양이지?"

"네 고민이 뭔지 모르겠지만 여기서 말해라."

"서서 주고받을 만큼 간단한 이야기가 아니야."

"그래? 너와 한가하게 노닥거릴 시간이 없으니까 돌아가라."

종섭은 옆에 앉은 여학생의 눈치를 힐끔힐끔 살피며 차디찬 목소리로 말했다. 종섭의 태도에 민정은 분노가 머리끝까지 치밀어 올랐다. 민정은 네가 잘났으면 얼마나 잘 났다고 나를 거지 취급하냐고 종섭의 멱살을 잡고 흔들고 싶은 마음이 굴뚝 같았다. 민정은 종섭한테 당한 모욕을 반드시 갚겠다고 이를 뿌드득 갈았다.

"무슨 말인지 잘 알았으니까. 다시는 찾아오지 않을게."

민정은 그 길로 곧장 발길을 돌렸다. 민정은 찾아갈 친척도 없고, 아는 사람도 없어 거리로 나와 무작정 걷다가 손가방에서 전화번호를 적은 수첩을 꺼냈다. 수첩에서 같은 동네에 사는 한경희 전화번호를 찾아냈다. 한경희 역시 집안이 가난해 중학교만 마치고는 산업체 부설학교에 다녔다. 그녀는 고등학교 과정을 마치고 중소기업에 경리로 취직했다.

"경희 언니, 지금도 회사 잘 다니지?"

"갑자기 민정이 네가 어쩐 일로 전화를 했니?"

"명천섬유 다니기 싫어 그냥 뛰쳐나왔어."

"회사를 그만둔다고?"

"언니 얼굴 보고 싶은데 회사 근처로 가도 돼?"

"밥 함께 먹게 점심때 회사 옆으로 와라."

민정은 종섭이처럼 홀대하지 않는 한경희가 고마웠다. 이런저런 핑계를 대며 만나 주지 않을 줄 알았다가 밥까지 사주겠다는 말에 고마워 눈물이 핑 돌았다.

민정은 12시에 한경희와 함께 중국집으로 점심을 먹으러 갔다. 한경희는 자리에 앉으며 민정에게 물었다.

"민정아, 너 뭐 먹고 싶으냐?"

"볶음밥."

"탕수육은 어떠냐?"

"좋지."

한경희는 볶음밥 2인분과 탕수육을 주문했다. 한경희는 음식을 주문하고는 민정을 꾸짖었다.

"민정아, 대책 없이 회사에서 뛰쳐나오면 앞으로 뭘 해서 먹고 살래?"

"일자리를 구하다가 안 되면 다방 같은 데서 일하면 굶기야 하겠어?"

"민정아, 다방에서 일하는 게 쉬운 줄 아냐? 너 같이 순진하고 세상 물정 모르는 여자는 돈은 벌기는커녕 실컷 이용만 당한다."

"가진 거 없고, 배운 게 없는데 찬밥 더운밥 가려가며 일할 처지가 아니잖아?"

"너 본격적으로 사회생활 안 해봐서 모르겠지만 사람 대우를 받고 살려면 무조건 공부를 해라. 나 직장 다니며 방송통신대학 졸업했다. 악착같이 공부해서 회계사 자격증 따려고 한다."

"언니, 보기보다 지독하다."

"젊었을 때 겪는 고생은 인생의 좋은 밑거름이 된단다."

"정말 그럴까!"

"민정아, 힘들더라도 명천섬유에 돌아가 고등학교 과정은 반드시 마치라고."

"언니, 충고 고마워. 하지만 나만 왜 이런 고생을 하는지 부모뿐 아니라, 세상이 원망스럽기만 해."

"민정아, 몰라서 그렇지 너처럼 힘들게 사는 사람이 한둘이 아니다. 우리나라는 개발도상국이라 선진국처럼 수십만 명을 고용하는 대기업도 많지 않고, 그렇다고 석유 같은 천연자원이 펑펑 쏟아져 달러를 벌어들일 형편이 못되니까 나라가 가난할 수밖에 없지. 물론 나라가 가난하니까 국민도 힘들게 살기 마련이고."

"빨리 지긋지긋한 가난에서 벗어났으면 원이 없겠다."

"민정아, 경제를 발전시켜 잘살아 보려고 피땀을 흘리며 일하는 사람이 많으니까 살기 좋은 날이 틀림없이 올 테니 희망을 버리지 마라."

"언니, 용기를 북돋워 주어 정말 고마워."

민정은 회의와 방황을 끝내고 다시 공장 생활에 열중했다. 소홀히

했던 공부를 열심히 해서 여러 번 상도 받았다. 마침내 민정은 공장 생활을 하며 고등학교 졸업장을 땄다.

민정은 반년 동안 명천섬유에서 일하다가 복리후생제도나 급여가 월등히 좋은 성하직물로 직장을 옮기었다.

민정은 성하직물에 다니면서 저리의 대출을 받아 공장 근처에 작은 아파트를 샀다. 민정은 기숙사에서 기거하며 매월 착착 나오는 월세로 적금을 붓는 중이었다.

빈곤 탈출

　　　　민정은 가난과 슬픔으로 점철된 지난날을 회상
하다가 벤치에서 일어났다. 곧 소나기가 쏟아질 듯이 먹구름이 밀
려들었다.

　노태무는 민정을 앞세워 서둘러 집으로 돌아왔다. 노태무는 공
장이 어떻게 돌아가는지 궁금해 더는 고향 집에 머물 수가 없었다.
노태무는 마루에 앉아서 부채질하는 어머니에게 사정했다.

　"어머니, 지금 회사에 큰일이 생겨서 빨리 가봐야겠어요."

　"아니, 그게 뭔 말이냐?"

　어머니는 눈을 똥그랗게 뜨고 놀란 목소리로 말했다.

"비가 많이 와 공장이 완전히 물에 잠겼어요."

"모처럼 왔는데 오자마자 뒤돌아서다니, 그래도 하룻밤은 자고 가야지.

어머니는 말도 안 되는 소리 그만하라는 듯이 펄쩍 뛰었다.

"공장에 가서 복구작업을 도와줘야 해요."

"그럼 잠깐 기다려라."

어머니는 부엌에서 물이 뚝뚝 떨어지는 참외를 담은 비닐 주머니를 들고 나왔다. 어머니는 차에 오르려고 하는 민정의 손에 들려주며 말했다.

"예까지 왔지만 줄 거라곤 참외 봉다리밖에 없다. 가다가 목마르면 잊지 말고 쪼개 먹어라. 폭 익어서 달짝지근한 냄새가 풀풀 난다."

"어머니, 참외 맛있게 먹겠습니다."

민정은 고개를 숙여 인사를 하고는 차에 올랐다. 어머니는 그들이 차에 오르자 "시상에, 하룻밤도 못 자고 오자마자 뒤돌아서다니. 원! 돈 벌기가 그렇게 힘들어서야 어디 살겠냐?" 하고 볼멘소리를 내뱉었다. 어머니는 승용차가 동구 밖을 지나 아스라이 멀어질 때까지 그 자리에 서서 멍하니 바라보았다.

노 주임은 다음 날 아침 일찍 공장에 출근했다. 예상했던 대로 공장은 폭격을 맞은 것처럼 쑥대밭으로 변했다.

물이 빠져나간 공장 마당에는 창고에서 떠내려온 자재 더미가 널려 있었다. 분임조원이 정성껏 키운 장미꽃들은 총상을 당한 병사들처럼 성한 데가 없었다. 그중에는 허리가 부러지고 가지가 찢어져 생명이 위독한 장미꽃도 많았다.

　노 주임은 철벅거리며 공장 마당을 가로질러 사무실로 걸어갔다. 그는 사무실로 걸어가면서 속으로 중얼거렸다.

　'하느님은 사원들의 애사심을 시험해 보려고 또 한 번 시련을 안겨준 거야. 그렇지 않고서는 중병에 걸렸다가 좋은 의사를 만나 막 회생하려는 환자에게 이토록 가혹한 재앙을 내릴 수는 없어. 그렇다고 실망해서는 안 돼. 더욱 정성을 들여 치료하면 빨리 회복해 전보다 더 건강해질 가능성도 없지 않으니까.'

　사무실에 가 보니 전 사원이 출근했다. 밤을 새워 복구작업을 했는지 모두 의자에 기대앉아 휴식을 취하는 중이었다.

　소파에서 휴식을 취하던 문 팀장은 노 주임을 보더니 놀란 얼굴을 하고 크게 반겼다.

　"노 주임, 어떻게 알고 왔소?"

　"텔레비전에서 뉴스를 보고 달려왔습니다."

　"난 못 올 줄 알았는데 하여튼 잘 왔소. 빨리 오 상무님한테 가서 인사하시오."

"그건 그렇고 공장 피해는 어떻습니까?"

"지금 파악 중이니까 내일쯤이면 정확한 피해 현황이 나올 거요."

노 주임은 남방셔츠를 벗어 의자에 걸어 놓고 작업복으로 갈아입었다. 득달같이 공장장 방으로 달려갔다. 오 상무는 현장에서 방금 돌아왔는지 낑낑거리며 젖은 농구화를 벗었다. 자세히 보니 바지는 말할 것도 없고, 위에 걸친 작업복도 땀으로 얼룩졌다.

오 상무는 노 주임이 돌아오리라고 예상하지 못했는지 놀라는 표정을 지었다.

"노 주임, 안 와도 된다니까 웬일인가?"

"고향에 가서 부모님을 뵙고 오느라 늦었습니다."

"고향에 가자마자 곧장 돌아와서 피곤하겠구먼."

오 상무는 소파에 앉더니 바짓가랑이를 무릎까지 걷어 올렸다. 오 상무는 시선을 줄곧 텔레비전에 주었다. 오 상무는 일기예보를 보고는 안도의 숨길을 내쉬었다.

"상무님, 공장 피해가 커 보이는데 걱정입니다."

"예상과는 달리 피해가 그다지 크지 않으니 걱정하지 마시오. 하계휴가를 갔던 많은 사원이 복구작업에 참여해 조기에 공장이 정상화될 거 같소"

오 상무는 의연한 태도를 보이며 오히려 노 주임을 안심시켰다. 오 상무가 느긋한 태도를 보여 노 주임은 마음을 놓았다.

"상무님, 그만 나가 보겠습니다."

"그래요. 수고 좀 하시오."

노 주임은 현장으로 달려가 자재 창고며 생산시설 라인을 둘러보았다.

자재 중 일부는 물에 젖어 폐기 처분이 불가피해 보였다. 완제품도 물에 젖어 피해가 컸다. 생산시설이 침수돼 당분간 공장 가동이 어려워 보였다.

'어이구! 하느님도 무심하지. 하필 이 지역에 물 폭탄을 쏟아부어 공장을 빈사 상태로 만드실 게 뭡니까? 노총각 장가들려고 애인하고 고향에 가서 사랑의 언약식을 거행할 참이었는데 축하는 하지 못할망정 훼방이나 놓으시고, 하느님도 고약한 심보를 가지셨네요.'

생산현장에 들어가 보니 노조 위원장을 비롯한 현장 사원들이 물을 퍼내고, 기계를 닦고, 자재를 정리는 하는 등 눈코 뜰 새 없이 바삐 움직이었다. 노 주임은 전화위복이라는 말이 퍼뜩 떠올랐다. 노 주임은 시련도 절망하지 않는 사람에게는 새로운 기회가 된다고 믿었다.

오 상무는 가능하면 빨리 공장을 정상화하려고 소파에서 새우잠을 자면서 수해 복구작업을 진두지휘했다. 복구작업을 시작한 지 3일이 지나자 오 상무는 지칠 대로 지쳤다. 눈에 핏발이 서고,

얼굴은 핏기가 하나도 없었다. 그런데도 오 상무는 겉으론 조금도 피로한 기색을 보이지 않았다. 전 사원들이 모두 합심하여 자기 집 일처럼 몸 사리지 않고 복구작업을 하는데 나약한 모습을 보여줘서는 안 된다고 마음을 더욱 굳게 먹었다.

위기는 또 다른 기회! 수해로 경제적 손실은 컸지만 얻은 것도 적지 않았다. 오 상무는 수해 복구작업을 통하여 단합된 조직의 힘이 크다는 걸 새삼 깨달았다. 그뿐만 아니라 사원 모두 한 덩어리가 되어 응집력을 발휘하면 어떤 어려움도 극복 가능하다고 확신했다.

일주일 만에 공장이 정상화되자마자 오 상무는 전 사원들에게 휴가를 다시 주기로 하고 회의를 열어 간부들의 의견을 물어보았다.

"이번 수해 복구작업을 하느라 여러분들 고생이 많았습니다. 더구나 휴가가 시작되자마자 수해가 발생해 많은 사원이 휴가를 즐기지 못했습니다. 그래서 휴가를 다시 주려고 하는데 여러분들 의견은 어떻습니까?"

"아무래도 휴가는 다시 주는 게 당연합니다."

지원팀장의 의견이었다.

"아닙니다. 회사가 위기에 처했을 때는 고통을 분담하는 차원에서 휴가를 다시 줄 필요는 없다고 봅니다."

생산부장의 말이었다.

상반된 의견이 나와 오 상무는 노조 위원장의 의중을 물었다.

"노조 위원장 생각은 어떻습니까?"

"일부 사원들은 몹시 지친 상태입니다. 희망하는 사원들은 휴가를 가도록 하는 게 좋겠습니다."

"그렇게 하면 사원들이 회사 눈치를 보고 휴가를 안 갈지도 모르니, 3일간 일제히 휴가를 실시하도록 하면 어떨까요?"

혁신팀장이 절충안을 제시하였다. 오 상무는 무난한 의견이어서 고개를 끄덕였다.

"나는 혁신팀장의 안이 좋은데 여러분들은 어떻게 생각합니까?"

"그게 좋겠습니다."

"저도 그렇게 생각됩니다."

지원팀장과 생산팀장이 동시에 찬성을 표했다.

"그럼 모레부터 일제히 3일간의 휴가를 실시합시다."

지원팀장이 본사에 이 사실을 보고하자 수출 담당 이사가 제품 선적이 늦으면 곤란하다며 제동을 걸었다.

오 상무는 사원들이 모두 쓰러질 지경인데 수출이 문제냐며 뱃심 좋게 깔아뭉갰다. 이번에는 사장이 오 상무에게 전화를 통하여 압력을 넣었다.

"오 상무, 꼭 휴가를 다시 줄 필요가 있소?"

"규정상으로 봐도 당연히 줘야 합니다. 간부들 이하 전 사원들이 계속 날밤을 새워 가며 복구작업을 강행해 지칠 대로 지쳤습니다."

"그까짓 밤샘 며칠 했다고 죽지 않아요. 이유 없이 공장을 조속히 돌리시오."

"이 상태에서 생산을 시작해도 제대로 된 제품이 나오기 어렵습니다."

"그러면 선적이 늦어 해외수입업자가 클레임을 걸어올 텐데 오 상무가 책임지겠소?"

"천재지변으로 발생한 선적 지연이어서 클레임을 제기해도 문제가 되지 않습니다."

"수출 물량이 막 늘기 시작하는 판에 선적을 지연시키면 곤란하니 내 지시대로 따르시오?"

"사장님, 공장 문제는 저한테 맡겨 놓으십시오."

"알았소! 그럼 당신 좋을 대로 하시오."

사장은 불쾌한지 퉁명스럽게 내뱉고는 전화를 끊었다. 오 상무는 부아가 치밀었다. 수해가 나서야 잠시 방문했을 뿐, 그동안 공장이 어떻게 돌아가는지 눈곱만큼도 관심을 두지 않다가 새삼스럽게 감 놓아라, 대추 놓아라, 시시콜콜 따지는 게 못마땅했다. 사장의 반대에도 불구하고 오 상무는 비서실장에게 보고한 다음 휴가를 강행했다.

휴가를 마치고 공장이 정상적으로 가동되자 오 상무는 미루었던 공장 혁신을 구체화했다. ISO 9000 인증을 단기간에 획득하고, 직물공장을 독립법인으로 전환한 다음 중간간부 승진을 시행해 떨어진 사기를 올려 주기로 했다.

오 상무는 며칠 뒤 향후 공장운영 방향을 설명하려고 그룹 비서실장을 찾아갔다. 비서실장은 오 상무를 보자마자 사과부터 했다.

"오 상무, 수해를 당했는데 공장에 못 가 봐서 정말 미안하오."

"회장님을 보좌하시고 그룹 전체를 총괄하시려면 눈코 뜰 새 없이 바쁘실 텐데 공장을 방문할 짬이 안 나시겠지요."

"하여튼 수해 복구작업을 조속히 마무리하느라 고생이 많았소."

오 상무는 공장 가동 상황을 간단히 보고한 다음 향후 혁신 계획을 구두로 보고했다. 비서실장은 설명을 듣고 나서 펄쩍 뛰었다.

"요즈음 기업을 통폐합해야 할 형편인데 별도 법인을 세우다니 그건 말이 안 되지요."

"실장님, 별도 법인으로 전환하지 않으면 직물공장은 회생하기 힘듭니다."

"그런 방법으로 공장을 회생시키라고 오 상무를 공장에 보낸 게 아닌데."

"현 상태로 끌고 가려면 직물공장을 차라리 폐쇄하는 편이 낫습니다."

"…?"

오 상무는 옷 벗을 각오를 하고 강경 발언을 쏟아냈다. 비서실장은 당황했는지 입을 닫고 말았다. 오 상무는 내친김에 공장의 취약점을 낱낱이 까발렸다.

"직물공장은 모든 운영체제가 성하물산의 하청 업체에 지나지 않았습니다. 그러다 보니 사원들의 사기는 땅에 떨어질 대로 떨어졌습니다. 간부뿐 아니라 현장 사원들까지 매사에 소극적이고 공장에 대한 애착심을 전혀 찾아볼 수 없었습니다. 사원들은 적당히 시간을 때우고 월급이나 받아먹는 데 익숙합니다. 노조는 회사야 망하든 말든 자기 이익 챙기기에 이골이 났더군요."

"나도 전임 공장장들한테 들어서 대충 아는 사실이오."

"지금은 많이 달라졌습니다. 간부나 사원들 모두 주인 의식을 갖고 원가를 절감하려고 노력할 뿐 아니라, 불량품을 만들지 않으려고 아이디어를 짜내는 등 변화의 바람이 불고 있습니다."

"다행이구먼!"

"노조도 회사 일이라면 발 벗고 나서서 협조하는 등 노사 간에 화합도 잘됩니다. 특히 이번 수해 복구작업 때 보여 준 사원들의 단결력에서 무한한 가능성을 발견했습니다."

"그 가능성이란 게 도대체 뭡니까?"

"사원들에게 비전을 제시하고 강력한 리더십으로 끌고 가면 직물공장도 침체상태에서 틀림없이 벗어납니다."

비서실장은 오 상무의 말을 듣고는 고개를 살래살래 흔들었다. 그런 정도로는 공장을 독립시킬 타당성이 부족하다는 표시였다.

"오 상무는 공장이 많이 달라졌다고 하지만 가시적으로 나타난 성과가 없잖습니까? 공장이 완전히 흑자로 전환된 것도 아니고."

"실장님, 연말쯤 가면 좋은 결과가 본격적으로 나타날 테니 두고 보십시오."

"공장을 독립법인으로 전환하려면 현재보다 조직도 늘려야 하고 인원도 보강해야 할 텐데, 일단 보고는 하겠지만 회장님도 허락하시지 않을 테니 두고 보십시오."

"실장님, 처음에는 다소 인건비가 늘고, 관리비도 증가하겠지만, 투자로 보면 문제는 간단합니다."

"결과가 좋으면 투자가 되겠지만, 결과가 나쁘면 낭비 아닙니까?"

비서실장은 이런 이유 저런 이유를 대면서 계속 반대했다. 오 상무는 최후의 보루(堡壘)인 자신의 공장장 자리를 내걸었다.

"실장님, 만일 결과가 나쁘면 제가 깨끗이 옷을 벗겠습니다. 그러니 실장님께서 결단을 내려 주십시오. 결단은 빠르면 빠를수록 좋습니다."

비서실장은 난감한지 눈을 지그시 감았다. 오 상무를 설득시킬 비방을 찾는 모양이었다. 비서실장은 녹차로 목을 축이고는 우울한 목소리로 말했다.

"오 상무도 알겠지만, 그룹사들 경영상태가 점점 악화하여 문제가 심각합니다. 수출은 부진하지요. 대출 금리는 하루가 다르게 올라가지요. 임금이며 자재비 등은 계속 상승하지요. 요사이 회장님 심기가 몹시 불편하십니다. 어쩌면 성하그룹도 비상 경영에 돌입하는 최악의 상황이 올지도 모릅니다. 그러니 공장을 별도 법인으로 전환하는 문제는 경기가 호전되면 그때 가서 재검토합시다."

오 상무는 비서실장의 소신 없는 태도에 실망했다는 듯이 노골적으로 불만을 쏟아냈다.

"지혜로운 경영자는 불황 때 호황기를 대비한다는 말도 있잖습니까? 긍정적인 방향으로 검토해 주시기 바랍니다."

"나도 오 상무 말에 동감합니다. 하지만 발등에 떨어진 불부터 끄는 게 화급합니다. 그러니 시간을 두고 연구해 봅시다."

비서실장은 완곡한 표현으로 오 상무의 요청을 거절하였다. 오 상무는 강하면 부러진다는 말을 되새기며 한 발 뒤로 물러섰다.

"그럼 좋습니다. 독립법인 설립은 보류하겠습니다."

"잘 생각했소."

하지만 오 상무는 지금까지 자신을 믿고 열정적으로 혁신 활동에 참여했던 간부나 사원들에게 손에 쥐여 줄 선물을 확보하지 못해 고민에 빠졌다. 공장을 조기에 독립법인으로 전환하려는 계획은 무산됐지만, 간부나 사원들한테 한 가지라도 약속을 지키고 싶었다.'

"실장님, 그 대신 한 가지만 허락해 주십시오."

"그게 뭡니까?"

"승진이 너무 적체되어 사원들의 사기가 말이 아닙니다. 그래서 연말에 대폭적인 승진 인사를 단행할까 하는데 승인해 주십시오."

"승진 인사 문제는 성하물산 사장과 협의해서 처리하시오."

비서실장은 입장이 곤란하니까 꽁무니를 뺐다. 더 졸랐다가는 비서실장이 버럭 화를 낼 게 분명해 승복하는 체하고는 자리에서 일어났다.

"실장님 지시대로 따르겠습니다."

오 상무는 비서실장의 기회주의적인 태도에 실망했다. 오 상무는 배신감까지 느꼈다. 비서실장이 직물공장을 살리라는 회장의 지시를 이행하려고 땜질 처방식으로 자신을 교묘히 이용한 게 틀림이 없었다.

12월 첫 번째 주 토요일 오후.

오 상무는 한 장밖에 남지 않은 달력을 멍하니 바라보다가 자리에서 슬며시 일어나 창가로 다가갔다. 하늘에는 짙은 회색빛 구름이 나직하게 드리워졌다. 사무실 창가를 지키는 큰 목련꽃 나무는 찬 바람에 온몸을 파르르 떨었다.

'공장에 온 지 엊그제 같은데 눈 깜박할 사이 한 해가 다 지났네. 올해는 말 그대로 다사다난한 한 해였어. 하지만 계획했던 일 중에서 정작 중요한 것은 하나도 이루지 못했구먼.'

오 상무는 집에 가려고 일주일 동안 세워 놓았던 승용차를 잠시 점검해 보려고 사무실에서 나왔다. 오 상무가 승용차에 올라 가열하려고 페달을 몇 번 밟는데 지원팀장이 헐레벌떡 뛰어왔다.

"상무님, 그룹 비서실장님이 급히 전화해 달라고 부탁하시던데요."

오 상무는 지원팀장의 전갈을 듣고 손목시계를 들여다보았다.

'퇴근 시간이 지났는데 전화를 해 달라니 이상한데. 긴급한 상황이 발생했나? 그렇지 않고서는 지금 시간에 전화할 리가 없는데 불길한 예감이 드네.'

오 상무는 부리나케 그의 방으로 달려가 그룹 비서실장한테 전화를 걸었다.

"실장님, 저 성하물산 직물공장 오인강 상무입니다. 조금 전에 전화하셨다고요?"

"오 상무, 지금 급히 나 좀 봅시다."

"실장님, 무슨 일입니까?"

"승용차를 몰고 오면 주말이라 많이 막힐 테니까 기차를 타고 오시오."

비서실장은 오 상무가 묻는 말에는 대답도 하지 않고 동문서답을 했다.

"특별히 준비할 서류는 없습니까?"

"맨몸으로 와도 됩니다."

수화기를 타고 들려 오는 비서실장의 목소리에는 긴장감이 묻어 났다. 짐작하건대 중대한 지시를 내리려고 호출하는 게 틀림없었다.

오 상무는 허둥지둥 지원팀장의 차를 타고 기차역으로 달려왔다. 역에 도착해 가장 이른 시간의 기차표를 샀다. 개찰을 하기까지는 10여 분간 여유가 있자 매점에서 신문 한 장을 샀다. '부실기업 정리에 칼 빼 든 정부'라는 기사가 신문의 제일 앞장 톱을 장식했다. 오 상무는 그 기사를 보고는 이미 예견했던 일이라 그다지 놀라지 않았다. 오히려 기업의 경쟁력을 강화하는 절호의 기회가 왔다고 반기었다.

'성하그룹 몇몇 계열사도 경영실적이 최악이라고 하더니 비상경영 체제로 전환할 계획인가? 제일 먼저 직물공장을 폐쇄할 모양이구먼. 그렇지 않고서는 비서실장이 불난 호떡집 주인처럼 허둥대며 퇴근하는 사람 호출할 이유가 없잖아. 나를 자기가 직접 선정해 공장에 보내놓고 자기 손으로 내 목을 치기가 곤란하니까 양해를 구하려고 부르는 걸까? 그게 아닐 거야. 기업 세계에서는 돈을 벌고 살아남기 위해서 부모, 자식도 인정사정 두지 않고 밟아버리는데 피한 방울 안 섞인 임직원들 자르기란 닭 모가지 비틀기보다도 더 쉬운데 미리 양해를 받을 리가 없지. 아니면 공장 폐쇄를 통보하려고 긴급히 호출하는 걸까?

만일 공장을 폐쇄하면 내 꼴은 뭐가 되지? 사원들에게 내 말을 믿고 따르면 아무 일도 없을 테니 걱정하지 말라고 큰소리를 땅땅 쳤는데 새빨간 거짓말쟁이라고 욕하겠지. 아니야, 그럴 리가 없어. 자라 보고 놀란 사람 솥뚜껑 보고 놀란다고 내가 지나치게 앞서 생각하는지도 몰라.'

오 상무가 부랴부랴 성하그룹 비서실에 도착한 시간은 오후 3시였다. 사원뿐 아니라 간부들도 모두 퇴근해 사무실은 텅 비었다. 다만 비서실장 담당 여사원 혼자서 무료하게 자리를 지킬 뿐이었다. 여사원은 오 상무를 보고 자리에서 벌떡 일어나 고개를 숙이고는 비서실장 방으로 안내했다.

오 상무가 방으로 들어서자 신문을 보던 비서실장은 사과부터 했다.

"오 상무, 주말인데 시간을 빼앗아서 미안하오."

"괜찮습니다. 어차피 서울에 오는 길인 걸요."

비서실장은 탁자 위에 놓인 파일철을 펼쳤다. 비서실장은 착 가라앉은 목소리로 입을 열었다.

"다름이 아니라 오늘 사장단 회의에서 결정된 사항을 오 상무한테 미리 알려 주고 싶어 급히 보자고 했소."

"…?"

오 상무는 궁금증에 사로잡혀 눈만 씀벅거렸다. 비서실장의 굳어진 표정이나 침울한 목소리로 짐작건대 심각한 내용이 틀림없었다.

비서실장은 입을 떼기가 괴로운지 한숨을 푹 내쉬었다.

"오 상무, 불가피하게 성하그룹도 부채비율을 낮추고 경영난 타개를 위해 전 계열사에 명예퇴직을 시행하기로 했소."

"예?"

순간 오 상무는 뒤통수를 방망이로 얻어맞은 사람처럼 넋 나간 표정을 지었다.

"직물 공장도 다른 계열사와 마찬가지로 20% 인원을 감축하기고 결정했소. 오 상무, 미안하게 됐소. 그동안 어느 공장보다도 혁신활동을 활발하게 추진했는데 보람이 없게 돼서 유감이오. 다음 주 초에 구체적인 시행지침을 통보할 예정이니 그 불가피성을 사원들한테 충분히 설명해 주시오."

비서실장은 서류철을 덮더니 쓴 입맛을 다시었다.

오 상무는 국내에서 다섯 손가락 안에 드는 성하그룹이 이런 극약 처방을 내릴 줄은 상상하지 못했다. 성하그룹에 입사한 지 20여 년이 지났지만 아무리 경영상태가 어렵더라도 이번 같은 구조조정을 단행한 적은 없었다.

'몇십 년 동안 몸 바쳐 일했던 회사에서 하루아침에 쫓겨나는 임직원의 심정을 헤아려줄 수 없을까? 퇴직금 이외에도 상당한 돈을

얹어준다지만 생존의 터전에서 쫓겨날 때 느끼는 막막함, 허탈감 그리고 모멸감을 상쇄해줄까?'

"오 상무, 사장급 이상은 오늘 모두 일괄 사표를 냈소. 그 사표는 내가 보관하고 있소. 아마, 몇 개 회사는 통폐합되든지 매각이 불가피합니다. 그렇게 되면 많은 임직원이 회사를 떠날 수밖에 없겠지요."

오 상무는 비서실장이 그룹의 극비사항까지 거리낌 없이 털어놓는 이유를 이해하기 힘들었다. 명예퇴직의 불가피성을 강조하려는 목적인지 아니면 알아서 사표를 내라는 암시인지 분간하기 힘들었다.

직물공장으로 보낼 때 약속했던 사항을 일 년도 안 돼 파기하면서 옷을 벗으라고 하기가 난처하니까 지금 변죽만 울리는 거야. 네가 알아서 사표를 내라고.

"실장님, 공장을 정상화하지 못한 책임을 지고 제가 먼저 사표를 내겠습니다."

비서실장은 오 상무가 선수를 치자 불쾌한 표정을 지었다.

"오 상무! 내가 언제 회사 그만두라고 했소? 왜 그렇게 성급하게 예단을 하는 거요?"

"실장님, 상무쯤 됐으면 회사에서 물러나라고 하기 전에 알아서 처신하는 게 당연하잖습니까?"

"직물공장은 명예퇴직을 시행했는데도 계속 적자를 내면 그때가서 정리 여부를 결정할 겁니다."

비서실장은 오 상무를 쏘아보다가 볼멘소리로 말했다. 오 상무는 비서실장의 의중을 떠보았다.

"실장님, 그러면 저를 공장장으로 계속 붙잡아 두시겠다는 말씀입니까?"

"공장경영 책임자인데 설거지까지 끝내고 떠나는 게 도리 아니요?"

오 상무는 이때다 싶어 비서실장의 물귀신 작전에 뒤집기 작전으로 맞섰다.

"저를 직물공장을 폐쇄할 때까지 붙잡아 놓으시려면 제 요청을 들어주십시오."

"요청이라니, 그게 뭡니까?"

"다름이 아니라 직물공장은 당분간 명예퇴직을 보류해 주셨으면 합니다."

"뭐요? 오 상무 그걸 말이라고 합니까?"

비서실장은 어림없는 소리 하지 말라고 고개를 살래살래 흔들었다. 비서실장은 보류할 수 없는 이유를 다른 계열사 핑계를 댔다.

"직물공장만 예외를 인정해 주면 다른 계열사들이 들고 일어나 감당하기 어렵습니다."

"하지만 공장 혁신을 한창 진행하는 중이니 그 결과를 보고 명예퇴직을 시행해도 늦지 않다고 생각됩니다."

"오 상무! 사람을 줄이면 적자에서 빨리 벗어날 텐데 왜 자꾸 거부합니까?"

"당장은 적자가 줄겠지요. 하지만 장기적으로 보면 득보다 실이 더 많다고 봅니다."

오 상무는 비서실장이 직물공장의 특수성을 고려하지 않고 일률적으로 인력 감축을 적용하는 게 못마땅했다. 오 상무는 이판사판 뱃심 좋게 직물공장의 부실 책임을 성하물산 본사와 그룹 비서실에 돌리었다.

"실장님, 직물공장이 적자를 내는 이유는 인건비보다는 다른 요인 때문입니다."

"도대체 그 요인이 뭡니까?"

"신제품 개발이며, 해외 마케팅 등 해결해야 할 문제가 수두룩합니다."

"물론 나도 알아요. 하지만 사람을 줄이려고 하는 건 인건비 부담을 더는 목적뿐 아니라 남은 사원에게 경각심을 불러일으켜 공장 분위기를 일신하려는 목적도 없지 않아요."

"아닙니다. 그건 희망 사항일 뿐 반대로 역효과가 납니다."

"역효과가 난다고 주장하는 근거가 뭡니까?"

비서실장은 오 상무의 주장이 억지처럼 들려 목청을 높였다.

오 상무는 침착한 목소리로 역효과가 나는 이유를 차분하게 설명했다.

"명예퇴직은 정말 나가야 할 간부나 사원은 안 나가고 다른 회사에 다시 취업 가능한 유능한 사원이 대부분 나가는 경우가 많습니다. 남은 사원들은 회사에서 잘린 뒤 먹고살 준비에 힘을 쏟을 뿐, 회사 일을 등한시하는 등 공장 분위기는 더욱더 깊은 수렁으로 빠져듭니다. 거기다가 물론 공장장이나 간부들이 콩으로 메주를 쑨다고 해도 사원들은 믿지 않습니다. 불신이 만연되어 앞으로 아무리 유능한 공장장이 와도 공장을 끌어가기가 무척 어렵습니다."

"물론 그런 부작용도 예상하지 못하는 바는 아니오. 하지만 그런 우려는 고자리 무서워서 장 못 담는 격 아니오?"

"실장님, 쥐 몇 마리 잡으려다 독 깨친다는 말도 있습니다. 그러니 직물공장은 명예퇴직을 당분간 보류해 주십시오."

"오 상무의 심정은 충분히 이해가 가지만 사장단 회의에서 결정된 방침인 이상 내 독단으로 번복하기가 불가능하오."

"무슨 방법을 써서라도 6개월 후엔 틀림없이 공장을 흑자로 전환할 테니 제발 제 간청을 들어주십시오."

오 상무는 비서실장이 완강하게 거절하자 마지막으로 애원까지 해보았다.

"오 상무! 알아듣게 말했으면 수긍해야지 철없는 어린애처럼 왜 그렇게 생떼를 쓰는 거요?"

얼굴이 벌겋게 달아오른 비서실장은 오 상무에게 면박을 주었다. 오 상무는 아무리 매달려 봐야 비서실장의 완강한 태도가 바뀔 가능성이 없자 마지막으로 배수진을 쳤다.

"이 시간부터 성하직물 공장장 직을 내려놓겠습니다."

"오 상무, 지금 나한테 엄포 놓는 거요? 뭐요?"

"그게 가장 현명한 선택이라고 판단됩니다."

비서실장은 싸늘한 눈빛으로 오 상무의 얼굴을 쏘아보았다. 그 눈빛은 지금까지 맺어 왔던 인연의 끈을 끊고 남을 만큼 냉혹했다.

"내가 많은 배려를 했는데도 오 상무가 회사를 떠나겠다면 굳이 붙잡고 싶은 마음은 없소."

"실장님, 심려를 끼쳐서 죄송합니다."

"아무리 유능한 경영자라도 기업 환경이 하루가 다르게 바뀌는 상황에 맞춰 수시로 경영방침을 바꾸지 않으면 생존할 수 없습니다."

"기업 환경이 급변하더라도 버려서는 안 될 가치가 존재합니다."

"도대체 그 가치가 뭡니까?"

"여러 가치 중에서 가장 중요한 신뢰라고 생각합니다."

"오 상무, 신뢰도 기업이 살아남아야 가치를 발휘할 기회가 옵니다."

"…."

신뢰를 잃으면 기업은 오래 존재하지 못한다는 말이 오 상무 입

안에서 뱅글뱅글 돌았다. 하지만 오 상무는 입을 꾹 닫고 자리에서 일어났다. 비서실장과 닭이 먼저이냐, 달걀이 먼저이냐 식의 논쟁을 벌여봐야 해결책이 나오기는커녕 미움만 살 게 불 보듯이 빤했다.

희망의
전조등

사무실을 빠져나와 거리에 나와 보니 탐스러운 함박눈이 풀풀 날리었다. 함박눈을 보자 천근만근 무겁던 마음이 이상하게 가벼워졌다. 왠지 모르게 좋은 일이 생길 거 같은 예감이 머릿속을 스쳐 지나갔다.

'진흙탕 물속에서 연꽃이 피어나니까 아무리 곤경에 처했어도 줄곧 나쁜 일만 생기라는 법은 없어. 남 해코지하지 않고 열심히 살았으니까 어쩌면 행운의 여신이 미소를 보낼지도 몰라.'

오 상무는 호주머니에 두 손을 찌른 채 눈을 맞으며 성하그룹 빌딩 앞에서 서성거렸다. 시간이 지날수록 오 상무의 희끗희끗한 머리칼은 눈발로 덮여 하얗게 변했다.

'이런 기분으로는 도저히 집에 갈 수 없어. 어디로 가지? 착잡한 심정을 달래려면 술을 마시는 방법밖에 없어.'

오 상무는 본사에 근무할 때 술 생각이 날 때면 이따금 들렀던 카페 '종착역'으로 발길을 옮겼다. 오 상무는 월급쟁이로서 종착역에 온 느낌이 들었다.

'성하직물 공장장으로 가면 빠르면 몇 달 길어봐야 2년 안에 옷을 벗고 만다더니 나 역시 예외가 아니구만.'

그때였다.

한 남자가 "오인강 상무님!" 하고 뒤에서 불렀다. 오인강은 깜짝 놀라 뒤를 쳐다보았다. 오인강을 부른 사람은 다름 아닌 직물 공장 조직 개편할 때 본사로 발령받은 한상춘 품질관리부장이었다. 그는 한 손에 큼직한 가방을 들고 두툼한 오리털 파카 차림이었다.

"한상춘 부장, 오랜만이오?"

"상무님도 여전히 잘 지내시지요?"

"공장 때문에 자나 깨나 골치가 아파요."

"그러잖아도 한번 뵙고 싶었는데 잘 됐습니다."

"직물공장에서 쫓아낸 사람인데 보고 싶었다니, 한 부장 아량이 대단히 넓구먼."

"물론 본사로 발령받았을 때는 무척 서운했지요. 하지만 지금은 새로운 일할 기회를 만들어 준 상무님이 감사할 따름입니다."

"그러면 전화위복이 되었다는 말이네."

"그런 셈이지요. 허허허."

그들은 이야기하다 말고 근처 다방으로 들어갔다. 한 부장은 차를 주문하고는 오 상무에게 물었다.

"상무님, 공장 때문에 골치 아프다니, 또 사고가 터졌습니까?"

"조금 전에 그룹 비서실장을 만났더니 무조건 직물공장 인원을 20% 감축하라고 지시합디다."

"상무님, 그 지시 따르지 말고 버티세요."

"한 부장, 그게 무슨 말입니까?"

오 상무는 그가 무슨 뜻으로 하는 말인지 몰라 어리둥절했다.

한 부장은 대단한 일을 해낸 사람처럼 으스대며 오인강에게 뜻밖의 소식을 들려주었다.

"상무님, 중동에 성하물산 지사 설립을 마치고 막 돌아왔습니다."

"성하물산 해외 지사를 중동에 설립했다고요?"

오인강은 지사의 규모며 하는 일을 구체적으로 물어보았다.

"지사 주재원은 몇 명입니까?"

"현지인까지 합하면 5명 정도 근무할 겁니다."

"그 사람들이 주로 하는 일은 뭡니까?"

"수출 파트는 중동지역에 직물을 비롯한 섬유제품 수출을 담당합니다. 수입 파트는 장기적인 원유 공급선을 확보하는 업무를 전담하고요."

"그러면 직물 수출이 대폭 늘어날 가능성이 크네요."

"대박이 터질 일만 남았습니다. 그래서 직물공장 사원들 절대 자르지 말라고 말씀드린 겁니다."

"천군만마를 얻은 것처럼 힘이 솟는구먼."

"제가 중동 바이어들한테 직물 품질관리 시스템의 우수함을 강조하고, ISO 인증을 추진 중이라니까 너도나도 수입 계약을 체결하겠으며 호의적인 반응을 보이더라고요."

한 부장은 희망적인 이야기를 들려주고는 자신이 특별한 임무를 수행한 사람인 것처럼 자화자찬하였다.

"회장님의 특별 지시로 설립한 해외 지사라 이 사실을 아는 임직원은 극소수입니다. 당분간 다른 사람에게는 발설하지 마세요."

오 상무는 물에 빠진 사람이 지푸라기라도 잡으려는 심정인지라 한 부장의 말을 액면 그대로 믿고 싶었다. 그는 공장에 근무할 때 잔머리를 잘 굴리고 모사 꾸미기를 좋아했다. 하지만 과거의 일로 앙심을 품고 거짓말을 지어내 골탕을 먹일 만큼 사악한 사람으로 보이지는 않았다.

"한 부장, 기쁜 소식 들려주어 고맙소."

"상무님, 한 가지 부탁드리겠습니다."

"사면초가(四面楚歌)에 몰린 나한테 부탁할 게 없을 텐데 그게 뭡니까?"

한 부장은 얼굴에 웃음을 띠고는 오 상무에게 농담을 툭 던졌다.

"만일 직물공장이 독립법인으로 승격되어 상무님이 대표이사로 선임되면 저에게 임원 자리 하나 주세요. 허허허."

"나에게 그런 행운이 찾아올까요?"

"그래서 만일이라는 가정법을 썼습니다."

"그런 날벼락 같은 행운이 닥쳐오면 한 부장을 수출 담당 임원으로 추천하는 것도 나쁘지 않지요."

오인강 상무는 불확실한 미래의 일에 확정적인 답변을 해서는 안 되었기에 긴가민가하게 대답하였다.

그래도 기분이 좋은지 한 부장은 얼굴에 환한 웃음을 지었다. 오 상무 역시 기분 나쁜 소식이 아니어서 얼굴에 드리워졌던 어두운 그림자가 사라졌다.

오 상무는 월요일 공장에 출근하자마자 간부 사원과 노조 위원장을 회의실로 불렀다. 오 상무는 그들에게 그룹사들의 경영상태를 설명한 다음 회사를 떠나겠다고 선언했다. 오 상무의 충격적인 발표에 간부 시원들의 얼굴엔 놀라움이 폭풍처럼 밀려들었다.

오 상무가 회의실에서 나간 뒤에도 간부들은 자리를 뜨지 못했다. 그들은 오 상무의 발표가 믿어지지 않는지 서로 얼굴만 쳐다보다 침통한 표정을 지었다.

오 상무는 그의 방에 돌아오자마자 그룹 비서실장에게 전화를 걸었다. 공장 간부들에게 회사를 그만두겠다고 공표했으니 후임 공장장을 빨리 선정해달라고 재촉하였다. 비서실장은 성하직물 공장 책임자를 고르기가 만만치 않다는 걸 이미 겪어본지라 명확한 답을 하지 않았다.

'사의를 표했는데 후임자가 없어서 공장에 계속 출근하면 사람 꼴이 우스워지는데, 설마 그런 불상사는 일어나지 않겠지.'

그날 저녁 오 상무는 일과를 마치고 지원팀장, 생산부장, 혁신팀장과 노조 위원장을 공장 근처 음식점으로 모이라고 했다. 그 자리에서 오인강 상무는 회사를 갑자기 떠나게 된 이유를 구체적으로 밝혔다.

"그저께 그룹 비서실장을 만났더니 며칠 후면 명예퇴직 대상자를 선정하라는 지시를 내리겠다고 귀띔해 줍디다. 그 이야기를 듣고 비서실장한테 직물공장은 혁신 활동을 진행하는 중이니 6개월간만 보류해달라고 강력히 요청했소. 하지만 보기 좋게 거절당했소. 마지막으로 공장장 자리를 걸고 6개월 뒤엔 적자를 흑자로 전환하는 데 모든 방법을 다 동원하겠다고 피를 토하듯 호소했지만, 끝내 비서실장은 내 건의를 받아들이지 않더군요. 머리를 싸매고 아무리 궁리해 봐도 명예퇴직을 막을 방법이 없어 공장장 자리를 내던졌습니다. 입이 열 개라도 더는 할 말이 없습니다."

말을 마치고 나자 노조 위원장은 오 상무를 신랄하게 비판했다.

"오 상무님, 공장을 나 몰라라 하고 떠나다니 비겁하십니다. 입장

난처하시니까 회사와 투쟁을 포기하고 도망치는 게 맞지요?"

"임원이 회사와 투쟁을 하다니 그건 말도 안 되지요? 임원은 근로자가 아니어서 법으로 보호받지 못하잖습니까? 회사가 일방적으로 해임해도 꺽소리 못하고 당하는 게 임원의 처지입니다."

"오 상무님 뒤엔 400여 명의 사원이 버티고 있잖습니까?"

"고맙소. 하지만 더는 공장을 끌고 갈 자신이 없소."

"이런 중요한 시기에 오 상무님이 떠나면 공장에 남은 간부나 우리는 어떻게 하란 말입니까?"

"그동안 열심히 일해 주었는데 여러분들한테 아무런 보상도 해주지 못하고 떠나게 돼서 정말 미안하게 됐소."

오 상무는 사과의 뜻으로 노조 위원장에게 빈 잔을 건네주고는 소주를 가득히 부어 주었다.

"노조에서는 내일부터라도 당장 그룹의 조치에 반대하는 항의로 준법 투쟁에 들어가겠습니다."

노조 위원장은 소주잔을 단숨에 비운 다음 비장한 각오로 결의를 다졌다.

"그렇게 한다고 해결책이 나올 리도 없고 오히려 내 입장만 난처해질 뿐입니다."

줄곧 침묵을 지키던 지원팀장이 노조 위원장을 만류했다.

"맞아요. 당분간 관망하면서 신중하게 대처합시다."

생산부장도 지원팀장의 의견에 동조했다. 노조 위원장은 감정을 억제하지 못하고 삿대질을 하며 두 사람을 싸잡아 비난했다.

"간부라는 작자들이 소극적으로 처신하니까 공장이 이 지경이 된 거요."

"노조 위원장, 이런 조치가 떨어진 게 어찌 간부들만의 책임이란 말이오?"

생산부장이 눈을 부릅뜨고 노조 위원장을 향해 소리쳤다. 그러자 노조 위원장도 지지 않으려고 주먹으로 탁자를 치며 맞섰다.

"그럼 누구의 책임이란 말입니까?"

"노조원인 현장 사원들도 책임져야 합니다."

"뭐요? 현장 사원들은 간부들이 시키는 일만 했을 뿐인데 얼어 죽을 무슨 책임을 지란 말이오?"

생산부장과 노조 위원장이 설왕설래 옥신각신하자 오 상무는 차분한 목소리로 두 사람을 다독거렸다.

"자! 이 정도에서 끝냅시다. 내가 무능해서 이런 결과가 왔으니 공장장인 나를 탓하시오. 이런 자리는 오늘이 마지막이 될 것 같소. 그러니 기분 좋게 술을 마시고 우리 웃는 낯으로 헤어집시다."

오 상무의 만류에 노조 위원장이 고개를 숙여 사과의 말을 했다.

"오 상무님, 큰소리쳐서 죄송합니다."

"앞에 놓인 술잔을 비우고 그만 일어납시다."

오 상무는 소주잔을 들어 먼저 마셨다. 노조 위원장을 빼고 다른 간부들은 술잔을 그대로 놓아둔 채 자리에서 일어났다. 자리에서 일어나는 간부들의 얼굴엔 먹구름이 잔뜩 끼었다. 머지않아 오 상무처럼 회사를 그만둬야 할지 모른다는 불안감이 간부들의 마음을 짓눌렀다.

일주일이 지나도 비서실에서 아무런 조치가 없자 오 상무는 비서실장에게 다시 전화를 걸었다.

"실장님, 제가 요청한 후임 공장장은 선정됐습니까?"

"현재 공장에 갈만한 임원이 없소."

"그러면 언제까지 기다려야 합니까?"

"가능하면 빨리 발령을 낼 테니 재촉하지 마시오."

비서실장은 짜증 섞인 투로 대꾸했다. 오 상무는 후임자를 재촉하는 이유를 설명했다.

"사원들한테 그만두겠다고 발표했는데 자리를 지키려니까 거북하군요. 마치 떠나기 싫어 뭉그적거리는 것처럼 비치기도 하고요."

"기다리기 곤란하면 공장에 근무하는 선임팀장한테 업무를 인계하고 떠나시오."

비서실장은 볼멘소리로 쏘아붙이고는 전화를 끊었다. 비서실장이 전화기를 내팽개치듯 내려놓는 소리가 요란해 오 상무는 이맛살을 찡그렸다. 통화를 끝내고 오 상무는 지원팀장을 불러 본사에 휴가원을 제출하라고 지시했다.

그때 노 주임이 시무룩한 얼굴을 한 채 공장장 방으로 들어섰다. 오 상무는 서랍 속에 든 명함을 꺼내 정리하다 말고 노 주임을 힐끔 쳐다보았다.

"노 주임, 어떻게 왔소?"

"결재 맡을 서류를 가져왔습니다."

"모든 서류 결재는 내 후임 공장장한테 맡으시오."

오 상무는 결재를 거부하였다. 노 주임은 주저주저하다가 오 상무 앞으로 바짝 다가와 결재판을 불쑥 내밀었다. 오 상무는 궁금해 결재판을 펼쳐 보고는 노 주임의 얼굴을 빤히 쳐다보았다.

"아니, 노 주임, 이건 결재 서류가 아니고, 사직서 아니오?"

"저도 회사를 떠나겠습니다."

"회사를 그만두다니 어디 좋은 자리라도 생겼소?"

"그건 아닙니다만."

"그런데 덜컥 사표를 내는 이유는 뭐요?"

"오 상무님이 떠나시면 앞으로 할 일이 없어질 게 빤하잖습니까?"

"내가 떠나면 할 일이 없어지다니, 그건 또 무슨 말이오?"

"다른 공장장이 오시면 틀림없이 혁신 활동을 중단하라고 지시할 겁니다."

"혁신 활동은 기업이 존재하는 한 지속해야 할 업무인데 난 도무지 노 주임 말을 못 알아듣겠소."

"아닙니다. 오 상무님 오시기 전에는 품질관리부는 찬밥 신세였습니다."

오 상무는 노 주임이 사표를 내는 이유가 이해가 되지 않아 결재판을 돌려주었다.

"노 주임, 그런 걱정은 하지 않아도 돼요. 마음 단단히 먹고 맡은 일이나 열심히 하세요."

"아닙니다. 박민정하고 저는 오 상무님이 그만두시면 함께 그만두기로 결의했습니다."

노 주임은 한술 더 떴다. 오 상무는 노 주임의 하는 짓이 우스꽝스러웠다. 노 주임이 부모에게 어리광을 부려서라도 자기 뜻을 관철하려고 생떼를 쓰는 철부지처럼 보였다.

"노 주임, 지금까지 자신을 위해서 회사에 다녔지 날 보고 회사에 근무했던 건 아니잖소?"

오 상무가 되묻자 노 주임은 엉뚱한 데로 말머리를 돌렸다.

"상무님이 그만두시면 우리 공장은 분명 선장 잃은 난파선처럼 우왕좌왕하다가 침몰합니다. 이게 오 상무님이 떠나시면 절대 안되는 이유입니다."

말끝을 흐린 노 주임의 목소리는 심하게 떨렸다. 이윽고 노 주임의 볼을 타고 눈물이 주르르 흘러내렸다. 노 주임의 눈물을 보고 오 상무는 괴로운 표정을 지었다.

노 주임은 장승처럼 서서 오 상무가 사직을 번복하기를 애타게 기다렸다. 노 주임은 마지막으로 박민정까지 끌어들여 오 상무를 압박하였다.

"상무님, 박민정은 오 상무님이 그만두신다니까 출근도 하지 않은 채 옮겨갈 회사를 알아보는 중입니다."

"보통 일이 아니구먼! 하여튼 평지에 풍파를 일으켜 여러분들 볼 면목이 없습니다."

"박민정뿐만 아니라 다른 현장 사원들도 갈피를 못 잡고 우왕좌왕합니다. 오 상무님, 사직 의사를 즉시 철회해 주십시오. 제발 부탁드립니다!"

노 주임은 두 손을 모아 잡고 애끓는 목소리로 간청하였다.

오 상무는 감았던 눈을 슬며시 뜨고는 한숨을 길게 내쉬었다. 그동안 열정적으로 혁신 활동에 참여해 주었던 사원들을 놔둔 채 회사를 떠나야만 하는 자신이 한없이 야속했다.

오 상무는 의자에서 일어나 노 주임에게 천천히 다가갔다. 오 상무는 노 주임의 어깨를 두들겨 주며 용기를 북돋워 주었다.

"앞으로도 지금처럼 일하면 어떤 공장장이 오더라도 노 주임의 열정과 끈기를 인정해 줄 테니 걱정하지 말아요. 부탁하는데, 다른 마음 먹지 말고 성하직물에서 계속 근무하시오. 알았소?"

오 상무는 눈물을 닦으라고 호주머니에서 손수건을 꺼내 노 주임에게 내밀었다. 노 주임은 손수건으로 눈물을 닦고는 공장장 방에서 어정어정 걸어나갔다.

노 주임은 이따금 만났던 카페 한쪽 구석에 앉아 박민정을 기다렸다. 5분쯤 지나자 박민정이 두툼한 오리털 파카를 입고 카페에 들어섰다. 그녀는 실내를 두리번거리다가 노 주임이 앉은 자리로 천천히 걸어왔다. 그녀의 얼굴빛도 그다지 밝지 않았다. 그녀가 자리에 앉자마자 노 주임은 시비조로 물었다.

"민정 씨, 오 상무가 회사 그만둔다는데 걱정되지 않아요?"

"걱정한다고 해결될 일이 아니잖아요?"

"그러면 손 놓고 지켜만 볼래요?"

"앉아서 굶어 죽을 순 없으니까 새로운 일자리를 찾아야지요."

민정은 성하직물 공장을 그만두기로 작정했는지 체념 어린 목소리로 대꾸했다. 노 주임은 자포자기한 박민정의 대답이 못마땅했다.

"민정 씨, 하늘이 무너져도 솟아날 구멍이 있다는데 왜 그렇게 쉽게 포기합니까?"

"사원을 실컷 부려먹고는 꼴 보기 싫은 짐승처럼 무더기로 내쫓는 회사에 미련을 두면 바보이지요."

"궁하면 통한다고, 머리를 맞대고 찾아보면 명예퇴직과 오 상무를 붙잡아 둘 방법이 툭 튀어나올지 모릅니다."

노 주임은 확신에 찬 목소리로 말했다. 민정은 씁쓸하게 웃으며 부정적인 반응을 보였다.

"잊을 만하면 공장 폐쇄다, 감원이다, 칼을 뽑는데 이제 지겹다 못해 지쳤습니다."

"오 상무가 그만두지 못하게 노조가 앞장서서 만류하면 마음을 고쳐먹을지도 모릅니다.

"노조에서 어떻게 무슨 방법으로 오 상무를 붙잡는다는 말입니까? 나는 좋은 방법이 떠오르지 않으니 노 주임이 머리를 짜내서 묘수를 찾아보세요."

민정의 얼굴엔 서글픈 그림자가 드리워졌다. 그 그림자에서 꿈을 상실한 여자의 절망감이 묻어났다. 민정은 촉촉이 젖은 눈길을 벽에 준 채 손가락으로 연신 머리칼만 쓸어 넘겼다.

그때 혁신팀장과 노조 위원장이 레스토랑 안으로 들어섰다.

어렵소! 저 사람들이 왜 여기에 나타났지?

노 주임은 그들이 빈자리를 찾아 어슬렁어슬렁 안쪽으로 걸어오자 벌떡 일어나 아는 체를 했다. 노 주임은 합석을 하자고 그들에게 자리를 권했다. 그들은 멈칫거리다가 나란히 자리에 앉았다.

"두 사람 데이트하는 모양인데 한 쌍의 원앙처럼 보기 좋습니다."

혁신팀장이 싱긋이 웃으며 말했다. 노 주임은 남의 속도 모르고 함부로 넘겨짚지 말라고 쏘아붙였다.

"팀장님, 공장이 벌집 쑤셔 놓은 것처럼 어수선한 판국에 데이트할 정신이 어디 있습니까?"

"그럼 결혼 날짜라도 잡으려고 속닥하게 만나는 중이요?"

노조 위원장이 입가에 웃음을 흘리며 한술 더 떴다.

"그런 일로 만나면 오직 좋겠습니까?"

민정은 겸연쩍어하며 두 사람 컵에 맥주를 부어 주었다. 이미 그들은 술을 마셨는지 얼굴이 불그스레하게 물들었다. 노 주임이 마시자고 컵을 들었지만, 혁신팀장은 사양하였다.

"팀장님은 왜 술을 안 마십니까?

"오 상무님의 사직 파동을 수습하는 방안을 논의하려고 노조 위원장과 함께 식사하면서 많이 마셨소."

"팀장님, 좋은 방안을 찾았나요?"

"오 상무가 사직을 번복할 명분을 만들어 줘야 하는데 어떤 게 좋을지 모르겠습니다."

노 주임은 혁신팀장의 말을 듣고 용기를 얻었다. 노조 위원장과 간부들이 혼란을 수습하려고 힘을 합칠 줄은 미처 짐작하지 못했기 때문이었다.

노 주임은 한껏 고무된 목소리로 노조 위원장에게 민정과 만난 이유를 솔직히 털어놓았다.

"노조 위원장, 실은 우리도 오 상무님을 다시 공장장으로 붙잡아 둘 묘방을 찾아보려고 만난 거요."

"그래?"

노조 위원장은 호기심 어린 눈길을 주다가 노 주임에게 물었다.

"그럼 좋은 방법을 찾았나?"

"오 상무가 공장을 떠나서는 안 된다는 사원들의 서명을 받아 탄원서를 보내면 어떨까 하는데 위원장 생각은 어떤가?"

"좋은 방법이긴 한데 그렇게 한다고 과연 그룹 비서실에서 눈이나 깜짝하겠소?"

혁신팀장이 고개를 흔들며 두 사람의 대화 속에 끼어들었다.

"제가 판단하기에는 비서실에서 쉽게 묵살하지는 않을 겁니다."

"노조 위원장, 왜 비서실에서 묵살하지 못할 거라고 예단합니까?"

"성하그룹 계열사 노조에서 탄원서를 제출하면서까지 공장장 사직을 만류한 사례는 한 번도 없었으니까요."

"노조 위원장 주장이 일리가 있네요."

혁신팀장은 고개를 끄덕이며 긍정적인 반응을 보였다.

노 주임은 두 사람의 대화를 듣고 고무되어 선수를 쳤다.

"관리직 사원들은 내가 앞장서서 서명을 받을 테니 노조 쪽은 위원장과 민정 씨가 맡으면 어떨까요?"

"관리직 사원들이 서명 운동에 동참할까?"

혁신팀장은 여전히 회의적인 반응을 보였다. 노 주임은 쇠뿔도 단김에 뺀다는 말을 떠올리며 적극적으로 밀어붙였다.

"우리가 똘똘 뭉쳐 최선을 다한다면 반드시 서광이 비칠 겁니다. 우리 힘을 합쳐 전진합시다!"

"그런데 문제가 간단하지 않습니다. 첫째는 오 상무가 다시 돌아올 여건을 조성해야 합니다. 둘째는 명예퇴직을 막을 방법을 찾아야 합니다. 그러려면 새로운 공장 혁신, 아니 혁명적인 대안을 제시해야 명예퇴직을 보류해달라는 우리의 건의를 비서실에서 받아들이겠지요."

혁신팀장은 역시 혁신 활동의 실무 책임자답게 논리정연하고 신중하게 조언을 해주었다. 노 주임은 혁신팀장의 조언에 고무되어 열띤 목소리로 새로운 대안을 제시했다.

"그렇다면 노조와 관리직 간부들이 참여하는 '공장 혁신 위원회'를 구성하면 어떨까요?"

"그거 멋진 아이디어네요."

노조 위원장이 노태무 주임의 의견에 적극적으로 찬성했다.

혁신팀장도 노 주임의 열정과 노조 위원장의 협조적인 태도가 마음에 들었는지 적극적인 참여를 약속했다.

"공장의 중추적인 역할을 하는 세 사람이 의기투합했으니 나도 힘닿는 데까지 도우리다. 이번 위기를 직물공장이 환골탈태(換骨奪胎)하는 기회로 삼자고요."

"문 팀장님, 고맙습니다!"

노 주임은 감격한 나머지 자리에서 벌떡 일어나 혁신팀장에게 큰절을 올렸다. 노조 위원장과 박민정은 노 주임의 우스꽝스러운 행동을 보고 키득거리다가 손뼉을 힘차게 쳤다.

노 주임은 자리에 앉더니 네 사람의 빈 컵에 맥주를 가득히 부었다. 그리고 컵을 높이 들어 공장 부활을 위해서 건배를 하자고 제의했다. 세 사람이 컵을 높이 들자 민정도 컵을 들어 그들의 컵에 쨍하고 부딪쳤다.

혁신팀장의 주도로 '공장 혁신 위원회'가 구성되었다. 위원장에는 지원팀장이 맡았고, 혁신팀장과 노조 위원장이 부위원장으로 뽑혔다. 노조에서는 오인강 상무의 사직을 반대하는 서명 운동을 전개하고 혁신팀에서는 공장 적자를 최소화하는 대책을 수립하기로 했다.

서명 운동은 노조 위원장이 앞장서서 밀어붙이는 바람에 오전에 모두 끝났다. 노조 위원장은 서명한 명단이 첨부된 공문을 성하직물 본사와 그룹 비서실 인력관리 담당에게 FAX로 발송했다.

'아니, 이게 뭐지? 오인강 상무의 사직원을 수리하지 말라고?'

공문을 받아 본 비서실장은 몹시 당황했다. 그룹 내에 수십 개의 공장을 두었지만, 지금까지 어떤 공장에서도 이런 공문이 날아온 적이 없었기 때문이었다. 비서실장은 인력관리 담당 왕진상 이사에게 작물공장을 방문해 진상 파악을 하라고 급히 지시했다.

비서실 인력관리 담당 이사가 공장에 내려온다는 소식을 듣고 노조는 얼씨구 잘됐다고 쾌재를 불렀다. 노조는 정문과 사무실 입구에 오 상무를 공장장으로 복귀시키라는 대자보를 대문짝만 한 글자로 써서 붙였다.

인력관리 담당 왕진상 이사는 공장에 도착하자마자 긴급히 간부들을 회의실로 소집했다. 그는 공장장 직무대행인 지원팀장을 숨도 못 쉬게 족쳤다.

"지원팀장, 당신은 노조에서 펼치는 서명 운동을 미리 알았소? 몰랐소?"

"물론 알았지요."

"그런데 왜 서명 운동을 제지하지 않았소?"

"작물공장 편에서 보면 나쁜 일이 아니어서 제지하지 않았습니다."

"나쁜 일이건 아니건 공장 자체 내에서 해결하지 못할 사건이 발생했으면 본사나 비서실에 보고하는 게 상식 아니오?"

"죄송합니다. 이 일이 일파만파로 확대될 줄은 미처 몰랐습니다."

인력관리 담당 이사의 서슬 퍼런 추궁에 지원팀장은 개미 소리로 사과했다.

"물론 좋은 쪽으로 해석하면 나쁜 일은 아니오. 자기네들이 모시던 공장장이 떠나지 못하게 노조에서 서명 운동을 벌인 건 그만큼 노사 간에 신뢰와 화합이 잘됐다는 증거이기도 하죠."

"긍정적으로 해석해 주셔서 감사합니다."

주눅이 들었던 지원부장이 감지덕지(感之德之) 고개를 숙였다.

왕진상 이사는 잠시 뜸을 들이더니 다시 경고장을 날리었다.

"하지만 공장장 임면권은 어디까지나 회사의 고유 권한인데 노조나

사원들이 이래라저래라 간섭하는 건 월권에다 더 나아가 경영권 침해
란 말이오. 이런 불법적인 단체 행동을 절대 용납할 수 없소. 여기서
오인강 상무 사직 반대 행동을 철회하지 않으면 주동자들을 색출해
중징계하겠소."

왕진상 이사는 장구 치고 북 치고 뺨치고 어르고 애들 다루듯
기고만장(氣高萬丈)의 극치를 보였다. 지원팀장을 비롯한 간부 사원
들은 왕진상 이사의 고압적인 태도에 입도 뻥긋하지 못했다.

그때 노조 위원장이 문을 열고 회의실로 들어섰다. 왕진상 이사
는 노조 위원장이 자리에 앉자마자 냅다 물었다.

"당신은 어느 부서장인데 이제야 회의실에 오는 거요?"

"저는 부서장이 아니고 노조 위원장입니다."

"노조 위원장? 그러면 당신은 여기에 참석할 자격이 없소."

왕진상 이사는 노조 위원장을 얕잡아 보는 투로 말했다. 노조 위
원장은 자리에서 벌떡 일어나더니 이사에게 입바른 말을 했다.

"이사님, 노조 위원장은 중요한 회의가 열릴 땐 항상 참석했습
니다."

"쓸데없는 소리 그만하고 나가요? 이 회의는 당신이 참석할 자리
가 아니란 말이오."

"이사님, 나가라면 나가겠습니다. 하지만 한가지 건의 말씀을 드
리고 퇴장하겠습니다."

"건의? 어디 무슨 내용인지 한번 들어봅시다."

왕진상 이사는 미간을 찌푸리고는 노조 위원장을 쏘아보았다. 노조 위원장은 당당한 목소리로 이사에게 명령하듯이 말했다.

"오 상무를 공장장으로 다시 모셔야 한다는 서명 운동은 노조의 주도하에 이루어졌습니다. 그러니 더는 간부 사원에게 책임을 추궁하지 마십시오."

"그 문제는 내가 판단해서 할 일이지 노조 위원장이 이래라저래라 할 일이 아니오."

왕진상 이사는 건방지다는 듯이 노조 위원장을 아니꼬운 눈빛으로 쏘아 보았다. 노조 위원장은 눈 하나 꿈쩍하지 않고 당당하게 맞섰다.

"이 공장에서 일하는 근로자 400명을 대표하는 노조 위원장의 건의이니 받아들여 주리라 믿습니다."

왕진상 이사는 노조 위원장이 장승처럼 버티고 서서 나갈 생각을 하지 않자 근엄한 목소리로 말했다.

"노조 위원장! 회의 진행 방해하지 말고 빨리 회의실에서 나가 주시오."

"저는 이사님의 확답을 듣기 전에는 못 나갑니다."

노조 위원장이 계속 버티자 왕진상 이사는 화가 나는지 버럭 고함을 내질렀다.

"어서, 나가란 말이오!"

노조 위원장은 이사의 고압적인 태도에 거세게 반발하였다.

"앞으로 공장 문제는 노조가 나서서 해결할 테니 더는 간섭하지 마십시오."

노조 위원장의 일갈에 왕진상 이사는 입을 떡 벌리고 어이가 없는지 말을 잇지 못했다. 그의 얼굴빛이 홍당무처럼 빨갛게 변했다. 그는 남대문에서 뺨 맞고 동대문에서 눈 흘기는 식으로 엉뚱하게도 간부 사원에게 화살을 돌렸다.

"이따위로 시장바닥 장사꾼들처럼 위아래가 없으니 공장이 망해 가는 거요. 공장 질서가 무너지면 공장을 살리기는커녕 백약이 무효란 말이오."

"이사님, 저의 공장 걱정해 주시는 건 좋은데 사원의 사기는 꺾지 마십시오."

"기고만장에 안하무인이구먼!"

"…."

노조 위원장은 계속 대거리하고 싶었지만 참았다. 노조 활동을 하면서 끝까지 타협을 거부하면 얻는 것보다는 잃는 게 많기 때문이었다. 노조 위원장은 가쁜 숨을 고르고는 왕진상 이사에게 맹세하듯이 말했다.

"오 상무님이 공장장으로 복귀하면 6개월 안으로 직물공장이 흑자를 내는데 노조가 최대한 협조하겠습니다."

"…."

"아울러 회장님께 우리의 건의를 잊지 말고 보고해 주시기를 간곡히 부탁드립니다."

노조 위원장은 왕진상 이사에게 고개를 숙이고는 회의실에서 나갔다.

왕진상 이사는 노조 위원장의 진정 어린 부탁에 감동했는지 잠시 입을 닫았다. 왕진상 이사는 고압적인 어조를 바꾸어 간부사원들에게 사과하였다.

"내가 흥분한 나머지 본의 아니게 막말을 쏟아내 죄송합니다."

간부 사원들은 표변한 왕진상 이사의 태도에 어리둥절했다. 왕진상 이사는 한참 뜸을 들이더니 격려의 말을 쏟아냈다.

"성하 그룹에서 보기 힘든 노사의 단합된 모습에 크게 감동했습니다. 노조 위원장이 부탁한 대로 돌아가면 비서실장님과 회장님께 직물공장에서 일어난 일을 소상하게 보고하겠습니다. 공장을 살리려는 여러분의 간절한 염원이 반드시 이루기를 기원합니다. 여러분 건투를 빕니다!"

왕진상 이사의 말이 끝나자 간부 사원들은 자리에서 벌떡 일어나 회의실이 떠나가게 손뼉을 쳤다. 왕진상 이사도 허리를 굽혀 박수에 화답하였다.

불사조의
함성

　　휴가를 얻은 뒤 오인강은 집에서 하루를 보내
고는 다음 날 일찍 시외버스 정류소에서 시골행 버스를 탔다. 4시
간 반 동안 버스를 타고 고향에 도착하자 눈이 하얗게 내렸다. 오
랜만에 와서 그런지 고향 읍내는 처음 와 본 객지처럼 낯설어 보
였다.

　오인강은 버스 정류소 옆 중국 음식점으로 들어갔다. 점심시간이
지나서 그런지 음식점 안은 텅 비었다. 장작 타는 알싸한 냄새가
난로에서 풍겨왔다. 순간 어린 시절 겨울이면 부엌 아궁이에서 탁
탁 소리를 내며 불꽃을 피우던 장작불이 떠올랐다.

오인강은 난로 바로 옆 탁자에 앉은 다음 울면을 주문하였다. 식사를 마친 뒤 읍내에서 그리 멀지 않은 강가로 향했다.

강가에는 어렸을 적 어머니와 외갓집에 갈 때 거룻배를 탔던 나루터, 그리고 배 손님들이 막걸리와 국밥을 사 먹던 주막이 자리했던 곳이다. 배를 타고 강을 건넌 뒤 산 고개를 넘어 외갓집에 가면 외할머니가 항상 반갑게 맞이하였다. 오인강은 외할머니가 간직했다가 주시던 누런 쌀 누룽지가 지금도 눈앞에 선연하게 떠올랐다.

오인강은 어린 시절 외할머니가 주신 쌀 한 말가량을 담은 자루를 등에 지고 집에 오곤 했다. 쌀자루가 묵직해 다리가 타박거렸지만 하얀 이밥을 먹을 생각하면 조금도 힘들게 느껴지지 않았다.

이제 세월이 흘러 흘러 강가에는 나루터와 주막의 흔적조차 남아 있지 않았다. 다만 그 자리에는 앙상한 갈대들이 눈꽃을 피운 채 쓸쓸한 강을 지킬 뿐이었다. 들새 한 마리가 코가 시린지 부리를 날개 깃털 속에 묻은 채 갈대에 앉아 오돌오돌 떨었다.

빡빡머리 어린애가 나루터를 건너다니던 때가 엊그제 같았는데 어느새 초로의 나이에 접어들다니 역시 세월은 빠르구먼.

오십이 넘도록 나는 무엇 때문에 살았지? 돈? 출세? 명예? 삶의 굴레에 얽매인 채 나를 돌아볼 시간도 없이 아귀다툼하며 보냈지만 제대로 이룬 게 없잖아?

다만 달라졌다면 숙명처럼 따라다니던 가난을 떨쳐버렸을 뿐. 젊음은 눈 깜박할 사이에 지나갔고. 어느새 인생이 황혼의 길로 접어들었구먼. 앞으로 남은 시간은 어느 것에도 얽매이지 않고 내가 하고 싶은 일을 하며 살 수는 없을까?

아니야, 열심히 일한 덕분에 하루 세 끼 배부르게 먹고, 번듯한 집에서 살고, 아프면 어느 때나 병원에서 치료받는데, 일자리를 포기하기에는 너무 일러.

오인강은 어렸을 때 집안이 가난해 몹시 굶주림에 시달리었다. 먹을 것이 항상 부족해 산에서 멧돼지처럼 칡뿌리를 캐 먹고, 개울 돌 밑에서 가재를 잡아 풋마늘과 고추장을 넣고 끓여 먹으며 배고픔을 달래었다.

수북이 눈이 쌓이면 동네 사람들은 겨울에 앞산 꼭대기에 그물을 쳐놓은 뒤 아래쪽에서 함성을 내지르며 산토끼를 산 위쪽으로 몰았다. 놀란 산토끼들은 죽으라고 산 정상으로 달려가 그물에 머리를 처박고 단말마의 숨길을 내쉬었다. 사람들은 그물에서 토끼를 떼어내 가슴에 안고 이장 집으로 돌아왔다.

사람들은 무더기로 잡은 산토끼를 난도질해 갖은 양념을 넣고 장작불에 팔팔 끓였다. 삼삼오오 모여 산토끼탕을 안주로 삼아 막걸리를 마시며 잔치 기분을 냈다.

그뿐이 아니었다. 폐결핵을 앓던 당숙은 가난해 약을 살 돈이 없었다. 폐결핵을 고치려면 고기를 많이 먹어야 한다는 말에 당숙은 뱀을 잡아다 토막 내 장작불에 바싹 구운 뒤 굵은 소금을 뿌려 아작아작 씹어먹었다. 철부지 오인강은 역한 냄새를 참으면서 익어가는 뱀고기를 지켜보다가 몇 토막씩 얻어먹기도 하였다.

지독한 가난에서 벗어나게 만들어 준 건 산업화의 바람을 타고 우후죽순처럼 설립된 기업 덕분이었다. 기업이 생기지 않았으면 일자리가 없어 숱한 사람들이 여전히 농업이나 어업 같은 1차 산업에만 매달리어 가난에서 쉽게 벗어나지 못했을 터이다.

오인강은 강가에 앉아 어린 시절을 회상하다가 바람이 세게 불어와 서둘러 읍내로 돌아왔다.

오인강은 버스 정류소 앞에 설치된 공중전화 박스 안으로 들어갔다. 오인강은 공중전화기에 동전을 밀어 넣고 집 전화번호를 돌렸다. 신호가 가자 아내가 전화를 받았다.

"혹시 연락 온 데는 없었소?"

"그룹 비서실에서 전화가 왔어요."

"무슨 일로 전화를 했다고 합디까?"

"비서실장한테 급히 전화해 달라고 부탁하던데요?"

오인강은 아내와 통화를 마치고는 공중전화 박스에서 나왔다. 사의를 표명한 이상 비서실장과 통화하고 싶은 마음이 없었다.

오인강은 갈증이 나서 버스 정류소 옆 지하다방으로 내려갔다.

오인강은 김이 모락모락 나는 엽차를 날라온 여자에게 생강차를 주문했다.

오인강은 오리털 파카 지퍼를 내리고는 의자에 등을 기댄 채 텔레비전에 시선을 주었다. 텔레비전에서는 명예퇴직을 당한 중년 남자가 겪는 고통과 가족 간의 갈등을 그린 드라마를 방영하는 중이었다.

오인강은 마치 자신이 처한 상황과 엇비슷해 텔레비전에서 시선을 얼른 거두었다.

덜컥 사표를 낸 게 경솔했나? 공장장 자리에 눌러앉았어도 그만두라고 멱살을 잡고 흔들어댈 작자는 없을 텐데 성급했나?

그럴 수는 없었어. 공장 책임자로서 부하직원들 목을 치고 아무 일도 없었던 것처럼 자리를 지키는 파렴치한 인간으로 살기는 싫다. 전쟁터에서 부하들을 총알받이로 내몰고 비굴하게 장수 혼자 살겠다고 삼십육계(三十六計) 도망치는 꼴과 뭐가 다른가?

오인강은 차를 다 마시고는 자리에서 일어났다. 다방에서 나와 읍내에서 얼마 떨어지지 않은 고향 마을로 발길을 옮기었다.

오인강은 우체국 앞에 이르렀을 때 공중전화 박스가 보이자 발걸음을 멈추었다. 오인강은 잠시 망설이다가 공중전화 박스에 들어가 비서실장의 직통 전화번호를 돌렸다.

"실장님, 저 오인강 상무입니다. 집으로 전화하셨다구요?"

"오 상무! 지금 어디서 전화하는 거요?"

"머리 좀 식히려고 시골에 내려왔습니다."

"시골에 가서 머리나 식히고, 팔자가 늘어졌소."

"실장님, 죄송합니다."

"빨리 서울로 올라와서 날 찾아오시오."

"무슨 일로 만나자고 하시는지요?"

"오 상무, 궁금하면 빨리 서울로 올라오시오."

오인강은 비서실장과 통화를 마친 뒤 직물공장 지원팀장에게 전화를 걸었다.

"나 오인강이요? 그룹 비서실장이 급히 날 호출하는데 공장에 무슨 일이라도 생겼소?"

"며칠 전에 노조에서 오 상무님 사표를 수리해서는 안 된다는 탄원서를 본사와 그룹 비서실에 보냈습니다."

"이 사람들 쓸데없는 짓을 해서 내 입장만 거북하게 만들었구면?"

"그리고 비서실에서 인력관리 담당 이사가 왔다가 간부 사원들과 면담을 하고 갔습니다."

"면담 내용이 주로 뭐였습니까?"

"요약하면 직물공장이 성하그룹 내에서 노사화합이 가장 잘 되었다고 칭찬을 잔뜩 받았습니다."

"불행 중 다행이구면!"

지원부장은 통화하다가 갑자기 죽어가는 소리를 하면서 오 상무의 마음을 흔들어 놓았다.

"상무님, 아무리 봐도 다시 공장장으로 돌아오셔야지 버린 자식 취급받아서 못 살겠습니다."

"어떻게 하든 당신들 힘으로 이 위기를 극복하세요. 그래야만 앞으로 직물공장을 폐쇄하겠다는 말이 쏙 들어갑니다."

"백방으로 노력해도 저희는 역부족입니다."

"사정 아니라 목에 칼을 들이대도 나는 공장장으로 돌아가지 않습니다."

오인강은 끝내 사의를 철회하지 않았다. 중간에서 사의를 번복하면 애초 추진하려던 독립법인 설립은커녕 웃음거리가 될 게 빤했기 때문이었다.

오인강 상무는 다음날 오전에 비서실장을 찾아갔다.

비서실장은 간편복 차림을 한 오 상무를 보더니 희죽이 웃으며 농담을 툭 던졌다.

"오 상무, 그런 복장을 하니까 아직도 40대 초반처럼 젊어 보이는구먼. 그래 시골에 가보니 어떻습디까?"

"은퇴하면 시골에서 살고 싶더군요."

"한창 일할 나이에 노인네 흉내나 내려고 하고, 오 상무 그전의 20대 뺨치던 패기는 다 어디에 팔아먹었소?"

"글쎄요…."

오 상무가 말끝을 흐리자 비서실장은 농담을 멈추고 말머리를 다른 데로 돌렸다.

"오 상무, 오늘 당장 공장으로 다시 돌아가시오."

"네?"

오 상무는 깜짝 놀라 비서실장의 얼굴을 쏘아보았다.

"회장님한테 오 상무 사건에 대해서 보고를 드렸더니 직물공장은 명예퇴직을 보류하고 지시하십디다."

"회장님이 그런 지시를 내리신 게 틀림없습니까?"

오 상무는 믿지 못하겠다는 투로 반문하였다. 비서실장은 옆에 앉아 있는 왕진상 인력담당 이사를 끌어들였다.

"못 믿겠으면 왕진상 이사한테 물어봐요. 내 말이 거짓말인가?"

"네, 맞습니다. 제가 직물공장에 다녀온 뒤 노조에서 오 상무님을 다시 공장장으로 모시길 강력히 희망한다고 회장님께 보고드렸습니다."

왕진상 이사가 자세를 고친 다음 착 가라앉은 목소리로 비서실장의 말을 거들었다.

"회장님은 노사 간에 화합이 잘되면 어떤 위기도 극복 가능하다고 보신 거지요."

"그리고 회장님이 직물공장을 살리려고 특별히 공을 들이시는 낌새가 느껴지더군요."

왕진상 이사가 비서실장의 말을 거들었다. 비서실장은 회장이 직물공장에 공을 들이는 이유를 부연 설명했다.

"오 상무도 잘 알겠지만, 회장님이 맨 처음 창업한 기업이 직물공장입니다. 오늘까지 공장을 끌고 오는 동안 우여곡절도 많았고, 신나게 돈을 벌 때도 많았습니다. 한마디로 회장님에게는 직물공장이 당신 분신이나 마찬가지입니다."

"저도 그 점 잘 압니다."

"오 상무, 그러니 다시 돌아가 직물공장을 살려보시오."

오 상무는 비서실장의 설득이 고맙기보다는 곤혹스러웠다. 회사를 떠나겠다고 공언했는데 다시 근무하겠다고 번복하면 변덕이 죽 끓듯 한다고 사원들한테 비웃음을 사고 남을 테니 말이다.

"실장님, 말씀은 고맙습니다만 전 다시 직물공장으로 돌아가지 않겠습니다."

"오 상무, 당신 참 이상한 사람이구먼. 다른 사람들은 회사에서 쫓겨나지 않으려고 별의별 수단을 다 동원하는데, 끝까지 그만두겠다니 당신 속은 알다가도 모르겠어. 도대체 공장장으로 돌아가지 않겠다고 줄기차게 고집을 피우는 이유가 뭐요?"

비서실장은 불쾌한지 목소리를 높였다. 오 상무는 물컵을 들어 목을 축이고는 조심스럽게 입을 열었다.

"제가 그만둔 뒤에 공장 간부 중에서 한 사람이 공장장으로 승진하면 많은 간부 사원들이 연쇄적으로 승진하게 될 게 아닙니까? 제가 공장에 처음 부임했을 때 회사 방침을 잘 따르면 승진시켜 주겠다고 전 사원들 앞에서 굳게 약속했습니다.”

“.....”

비서실장은 눈을 지그시 감고 오 상무의 이야기를 듣고는 이해가 가는지 고개를 끄덕였다.

“사원들과의 약속을 지키려고 애쓰는 오 상무의 심정 충분히 이해합니다.”

“비서실장님의 뜻을 따르지 못해 죄송할 따름입니다.”

“오 상무, 너무 강하면 부러지는 법이요. 세상을 살다 보면 융통성을 발휘할 줄도 알아야 합니다.”

비서실장의 엄포성 설득에 오 상무는 당장 공장에 돌아가겠다고 대답하기 난처해 말미를 남기었다.

“실장님, 흔들리는 마음을 추스르게 며칠만 시간을 주십시오.”

“알았소. 딱 2일 시간을 주지요.”

비서실장은 미운 놈 떡 하나 더 준다고 오 상무의 부탁을 들어주었다.

직물공장으로 오 상무가 다시 돌아온다는 소문이 나돌자 의기소침했던 사원들은 활기를 되찾았다. 자신들의 노력과 힘이 결실을 보았다는 성취감이 그들에게 새로운 용기와 확신을 안겨 주었다.

더욱이 풀이 죽었던 노 주임은 부리나케 달려가 박민정을 휴게실로 불러내 신바람을 냈다.

"민정 씨, 오 상무님이 다시 공장으로 돌아온다는데, 이보다 더 좋을 순 없네요."

"혹시 그거 뜬소문 아니에요?"

민정은 시큰둥한 표정을 지었다. 노 주임은 펄쩍 뛰며 민정에게 면박을 주었다.

"뜬소문이라니 뭔 날벼락 맞을 소리를 합니까?"

"상무라는 사람이 오뉴월 숙주나물 변하듯 아침에 이랬다, 저녁에 저랬다 하면 체면이 서겠어요?"

"당장 내일부터 출근한다고 조금 전에 혁신팀장님이 알려줬단 말이에요."

"오 상무 그리 쉽게 돌아올 양반 아닙니다."

민정이 계속 믿으려고 하지 않자 노 주임은 화를 버럭 냈다.

"민정 씨는 오 상무가 안 돌아오길 바랍니까?"

"그건 아니지만 왜 그런지 믿어지지 않아요."

"돌아오는 게 틀림없어요! 틀림없다니까요."

"글쎄요."

"그런 의미에서 오늘 우리 퇴근한 뒤에 만나요. 오늘은 민정 씨가 사달라는 거 뭐든지 다 사줄게요."

"최고 비싼 거로 사줘 봐야 돈가스에 맥주 아니에요?"

"너무 얕보지 말아요. 나도 기분 나면 양주도 마시는 사람이요."

"신용카드 백 믿고 큰소리치는구먼."

"민정 씨, 술 사줄 돈은 항상 갖고 다닌다고요."

노 주임은 작업복 호주머니에서 지갑을 꺼내 펼쳐 보였다. 민정은 목을 빼고 지갑 속을 들여다보고는 만 원짜리가 제법 많아 보이자 의외라는 듯이 혀를 날름했다.

"좋아요. 그럼 퇴근 후에 우리 자주 갔던 카페에서 만나요."

노 주임은 사무실로 돌아오면서 흥얼흥얼 콧노래를 불렀다. 꽃 피는 봄이 되면 민정과 결혼식을 올려 달콤한 신혼 생활을 떠올리자 가슴이 울렁거리고 흥이 저절로 났다.

비서실장과 만난 다음 날 오 상무는 공장에 출근하였다.

오 상무는 사원들이 마치 잠시 출장을 다녀온 사람처럼 자연스럽게 대해줘 마음이 놓였다.

그는 공장에 도착하자마자 간부 회의를 소집했다. 자신이 공장에 돌아온 사연과 앞으로 자신의 역할에 관해서 설명해 주고 싶었다.

"여러분들 앞에 다시 나타난 게 부끄럽습니다. 마치 안 살겠다며 집 나가는 여자가 버스 정류소에서 버스를 기다리다가 집에 혹시 불이 나지 않았는지 걱정이 돼 다시 돌아온 기분입니다.

다행히 회장님께서 직물공장은 당분간 명예퇴직을 보류하라고 지시했습니다. 그러니 여러분은 더는 동요하지 말고 맡은 업무에 충실하기를 바랍니다."

그때 노조 위원장이 벌떡 자리에서 일어나더니 회의실을 분위기를 확 바꿔 놓는 말을 했다.

"우리 모두 자리에서 일어나 오 상무님이 다시 오신 걸 박수로 환영합시다."

간부들은 덩달아 힘차게 손뼉을 쳤다. 오 상무는 간부들을 향해 고맙다는 인사를 했다.

박수가 끝나자 노조 위원장은 다시 회의실 분위기를 주도해 나갔다.

"저의들은 상무님이 왜 사표를 냈고, 공장장 자리를 왜 내던졌는지 다 압니다. 상무님이 공장장 자리를 방패 삼아 사원들을 보호해 주시려고 내린 결단임을 저희가 왜 모르겠습니까? 그래서 저희는 상무님이 떠나지 못하게 성난 불꽃처럼 들고 일어났습니다. 상무님도 우리들의 힘이 대단하다는 걸 새삼 깨달으셨을 겁니다. 우리는 힘없는 민초(民草)이지만 똘똘 뭉치면 공장 혁신 아니라 혁명도 가능합니다. 앞으로 우리는 망해가는 공장의 사원이라는 불명예를 씻기 위해 혼신의 힘을 다 바쳐 공장 살리기에 매진하겠습니다. 상무님도 저의들을 밀고 당겨 주시길 간곡히 부탁드리겠습니다. 어떤 역경이 닥쳐도 우리는 앞으로 상무님과 운명을 같이 하겠습니다. 그러니 다시는 여길 떠날 생각은 하지 마십시오. 상무님, 공장장으로 돌아와 주셔서 정말 감사합니다."

오 상무는 노조 위원장의 열띤 발언에 코끝이 시큰했다. 20여

년 동안 기업에 몸담았지만 이처럼 감동적이고 가슴 뿌듯한 순간
은 없었다. 하지만 오 상무는 성하직물을 떠나겠다는 마음은 변함
이 없었다. 리더는 한입으로 두 가지 말을 하면 그 순간 자격을 잃
고 권위도 땅에 떨어지기 때문이었다.

한편 노 주임은 박민정과 저녁 식사를 하고는 카페로 자리를 옮
겼다. 노 주임은 오 상무가 돌아와 공장이 정상적으로 돌아가기 시
작했으니 미루었던 결혼 날짜를 잡자고 재촉했다. 박민정은 천천히
결혼식을 올리자며 꽁무니를 뺐다.

"노 주임, 뭐가 그리 급하다고 결혼을 서두릅니까?"

"장가를 늦게 가면 손자를 늦게 둔다는 말 못 들었어요?"

"난 결혼해도 애 안 낳을 거요."

"누구 마음대로 애를 안 낳습니까? 그건 절대 안 됩니다."

"왜 안돼요? 여자가 마음만 먹으면 얼마든지 가능해요."

"결혼식 올리고 나면 민정 씨가 먼저 애 낳으려고 안달을 할 텐
데 두고 보자고요."

"아이! 재미없어라. 겨우 저녁 사주더니 결혼에 애 타령이나 하고
멋이라고는 눈곱만치도 없는 사내야."

민정은 따분하다는 듯이 말허리를 싹둑 잘랐다. 노 주임은 결혼
식을 빨리 올릴 방법이 없을까 골똘히 생각해 보았다. 노 주임은
고민 끝에 한 가지 아이디어를 냈다.

"다음 주말에 민정 씨 나하고 부모님께 인사하러 가요."

"나 친구하고 다른 약속 해놓아서 못 가요."

"무조건 그 약속 깨뜨려요."

"죽어도 안 돼요."

민정은 단호하게 거절했다. 노 주임은 결혼을 질질 끌다가는 민정의 마음이 변할지 몰라 생떼를 썼다.

"민정 씨가 안 가면 나 혼자라도 찾아갈 테니 그리 알아요."

"가봐야 문전박대만 당할 테니까 헛걸음하지 말아요."

민정이 '굳세어라 금순이'처럼 결혼을 미루자 노 주임은 민정의 속마음을 떠보았다.

"민정 씨, 내가 마음에 안 들어 결혼 차일 피일 미루는 거 아니에요?"

"글쎄요."

"아니면 다른 남자 생겨서 꽁무니 뺍니까?"

"노 주임은 언제 철이 날지 한심하다 못해 딱하네요."

민정은 눈을 흘기더니 노 주임을 어린애처럼 깔아뭉갰다. 노 주임은 뿔이 나서 종업원에게 양주를 주문했다. 민정이 눈을 똥그랗게 뜨고 물었다.

"양주 마실 돈 갖고 나왔어요?"

"민정 씨보고 술값 내라고 안 할 테니 걱정하지 말아요."

노 주임은 화난 목소리로 쏘아붙였다. 민정은 노 주임의 눈치를 살피더니 고개를 떨어뜨렸다. 노 주임은 양주가 나오자 컵을 채워 벌컥벌컥 마셨다. 노 주임은 양주를 연신 들이마시고는 민정을 향해 노골적으로 불만을 토로했다.

"민정 씨, 언제까지 나를 이웃집 개처럼 대할 겁니까?"

노 주임의 공격적이고 천박한 물음에 민정은 발끈해 소리쳤다.

"그럼 노 주임은 나를 공주처럼 떠받들었나요?"

"허허허, 민정 씨 어쩌다 공주병에 걸렸죠?"

"그게 아니라, 노 주임이야말로 나를 심심풀이 땅콩처럼 취급해서 하는 말이에요. 어쩌다 불러내서 회사 이야기 아니면 맥주나 몇 잔 마시고 헤어지고. 아무리 촌뜨기 사내라고 하지만 멋대가리라곤 눈 씻고 찾아봐도 없어요. 노 주임 같은 남자와 결혼하는 여자는 애나 낳고 평생 일만 하다가 늙어서 죽기 딱 좋아요."

술기운을 빌려 민정은 소나기 퍼붓듯이 불만을 털어놓았다. 민정의 불만이 의외로 많아 노 주임은 공손한 목소리로 사과했다.

"민정 씨, 미안해요. 연애를 안 해봤으니 여자 마음을 알 도리가 없지요."

"그만큼 나한테 관심이 없다는 증거에요. 다른 남자들은 여자와 만나기 전에 오늘은 무슨 말을 해서 여자를 웃길까 궁리도 하고, 어떻게 즐겁게 지낼지 고민한다는데 노 주임은 전혀 그런 노력을 기울이지 않았어요."

"일벌레처럼 회사 일만 열심히 하다 보니 멋대가리 없는 사내가 되고 말았습니다."

"공장에서 품질관리 활동은 타의 추종을 불허하지만, 연애 품질 관리는 엉망진창에 한 마디로 빵점이란 말입니다."

"민정 씨 말이 백번 옳아요. 중이 제 머리 못 깎는다더니 바로 내가 그 꼴이었네요."

"술기운을 빌려 반성문을 제대로 쓰네요."

"민정 씨, 이 자리에서 연애 품질관리에 모든 노력을 다 바칠 걸 굳게 약속합니다."

"좋아요! 그럼 우리 기분 풀러 노래방에 가자고요."

"나도 가고 싶었는데 잘됐네요!"

노 주임은 양주 한 병을 민정과 나누어 마시고는 자리에서 일어났다. 거리에 나와 보니 갖가지 현란한 네온사인이 밤거리를 화려하게 장식하였다. 노 주임은 골목길을 걷다가 민정과 함께 노래방을 찾아 갔다.

분위기가 무르익자 민정은 오리털 파카를 벗어 놓고 본격적으로 노래 실력을 발휘하였다. 노 주임은 자리에서 일어나 민정 옆으로 다가가 합창을 하였다. 민정은 노 주임의 어깨에 머리를 기댄 채 노래를 불렀다. 노 주임은 민정의 어깨를 포근하게 감싸주었다. 민정도 싫지 않은지 더욱 격정적으로 노래를 불렀다. 민정의 노래에 취한 노 주임은 민정의 머리칼에서 풍기는 솔잎 향기에 몸이 달아올라 민정을 힘껏 가슴에 안았다. 민정의 풍만한 젖가슴이 밀착해오자 노 주임의 심장이 펄떡펄떡 뛰었다. 노 주임은 민정의 귓가에 대고 사랑한다는 말을 처음으로 들려주었다. 민정은 사랑한다는 말을 듣고 노 주임의 가슴에 안겨 한참 흐느껴 울었다. 민정은 이 세상에 태어나서 '사랑한다'라는 말을 처음 들었기 때문이었다.

오 상무가 복귀하자 노조에서 놀라운 제안을 내놓았다.

불량품으로 수년간 창고에 처박아 두었던 직물을 나누어서 노조원들이 사기로 결의했다.

오 상무는 지원팀장으로부터 노조의 제안을 전해 듣고는 사원들의 획기적인 공장 살리기 운동에 그만 감격하고 말았다.

"정말 흐뭇하고 고마운 일이구먼!"

"그까짓 재고를 처분한다고 공장 사정이 확 달라지지 않을 텐데 노조에서 생색 용으로 던진 제안 같습니다."

오 상무와는 달리 지원팀장은 노조의 제안을 깎아내렸다. 오 상무는 지원팀장의 그런 태도에 실망했다.

자신은 아이디어를 내지 못하면서 남이 낸 아이디어를 폄훼하는 데 익숙하구먼. 오 상무는 구태의연한 사고방식을 버리지 못한 지원팀장을 나무랐다.

"지원팀장, 노조에서 제안하기 전에 지원팀에서 재고 처분 계획을 수립하는 게 옳지 않습니까?"

"상무님 지적이 맞습니다."

"나도 하루라도 빨리 재고를 처분해야겠다고 속으로 별러왔는데 노조에서 앞장서 해결했으니 잘된 일 아니오?"

"물론 노조가 총대를 메고 해결한 일이지만 후유증이 걱정됩니다."

"물론, 노조의 결정에 반발하고 불평하는 사원들도 나올 테지요. 하지만 반대로 전 사원이 하나가 되어 공장이 새롭게 도약하는 계기가 될지도 모릅니다."

"저는 그렇게 생각하지 않습니다. 노조에서 그런 제안을 결의했다고 모든 사원이 다 따라준다는 보장은 없습니다. 특히 관리직 사원들의 반발이 예상됩니다."

"간부들이 적극적으로 나서서 설득하고 불만을 무마해야겠지요."

"노력은 해보겠습니다만, 자신이 없습니다."

오 상무는 이야기하다 말고 노조 위원장에게 전화를 걸었다. 미심쩍은 점이 없지 않아 노조 위원장에게 직접 물어보고 싶었다.

5분쯤 지나 노조 위원장이 오 상무에게 달려왔다. 노조 위원장은 두 사람의 굳어진 표정을 보고 머쓱해져 잠시 멈칫거렸다.

"노조 위원장, 자리에 앉으시오."

오 상무가 손으로 옆자리를 가리키며 말했다. 노조 위원장은 엉거주춤한 자세로 지원팀장의 옆에 앉았다. 오 상무가 조심스럽게 입을 열었다.

"노조 위원장한테 확인할 게 있어서 보자고 했소."

"무슨 말씀이신지요?"

"불량 판정을 받은 원단을 처분하기 위해서 전 사원들한테 일정량을 나누어주기로 했다는데, 그 대금은 어떻게 받을 거요?"

"상여금에서 다섯 번에 걸쳐 공제하기로 했습니다."

"그렇게 하면 노조원들이 불만을 터뜨리지 않을까요?"

"이미 동의서를 받아 놓았기 때문에 이러쿵저러쿵 뒷말은 안 나올 겁니다."

"그래도 지나치게 일방적인 조치라고 사원들이 반발하지 않을까 걱정됩니다."

"염려하실 필요가 없습니다. 저희 노조원들은 고통을 분담하는 차원에서 이 정도의 희생쯤은 기꺼이 감수하기로 결의했습니다."

"그렇더라도 겉으로는 노조의 결정에 따르는 척하면서 뒤에서 딴지를 거는 사람이 나오지 않을까요?"

"상무님, 모든 책임은 제가 질 테니 염려하지 마십시오."

노조 위원장은 확신에 찬 어조로 말했다.

오 상무의 마음은 편치 않았다. 혁신이란 원래 기업도 잘되고 사원들한테도 그 혜택이 골고루 돌아가는 게 정상인데 뭔가 잘못되지 않았나 싶었다. 오 상무는 사원들한테 이런 부담을 주지 않고 악성 재고를 처리할 대책을 세우지 못한 게 아쉽다 못해 면목이 없었다.

하늘은 스스로 돕는 자에게 복을 내린다는 말처럼 본사에 이런 사실이 알려지자 임원들이며 간부들 그리고 사원들에게서 원단 주문이 쇄도했다. 그렇게 되자 공장 사원들한테 돌아갈 양이 대폭 줄어들었다. 십시일반(拾匙一飯)이라고 했던가? 여러 사람이 힘을 합하면 한 사람을 도와주기는 쉽듯이 수년 동안 골칫거리였던 불량품이 큰 무리 없이 처리되었다. 그로 인해 재고 부담도 덜었을 뿐 아니라 부족한 공장 운영자금에 적지 않게 보탬이 되었다.

물 들어올 때 노 젓는다고 공장 사원들 사이에 새로운 풀질 혁신 운동이 일어났다. 불량품을 생산하는 팀은 사원들에게 손해를 입히는 행위로 간주하여 다른 팀한테 적정 수준의 보상을 해 주기로 하는 벌칙 아닌 벌칙이 생겼다. 물론 지원부 자재파트에서 불량 자재를 구매했을 때도 같은 벌칙을 적용하기로 했다.

그 결과 생산부도 불량품을 생산하지 않으려고 발버둥을 쳤다. 어쩌다 불량이 발생하면 팀 전체가 그 원인을 규명하거나 아이디어를 내 결사적으로 해결하려고 안간힘을 썼다. 바로 〈사전 불량품 추방 운동〉이 일어났다.

그뿐만 아니라 그룹 비서실에 그 사실이 알려지자 회장님이 노조 간부들에 대한 표창장 수여와 함께 거금의 포상금을 하사하였다. 하지만 노조 위원장은 포상금을 노조원들의 복지 기금으로 전액 출연하였다.

며칠 후 노조 위원장이 오 상무를 슬며시 찾아왔다. 노조 위원장은 그룹의 중요 정보통과 친한 걸 과시하고 싶은지 오 상무에게 엉뚱한 질문을 던졌다.

"상무님, 현 회장님은 경영 일선에서 물러나시고 곧 둘째 아드님이 그룹 회장으로 취임하신다는 소문을 들었는데 그게 사실입니까?"

"아니, 어디서 그런 소문을 들었소?"

오 상무는 금시초문이라 눈을 똥그랗게 뜨고 반문했다.

"그룹 노동조합연맹 의장인 성하전자 노조 위원장한테 들었습니다."

"나는 전혀 그런 소문을 들은 바가 없소."

"새로 회장님이 취임하시면 인사 태풍이 부는 건 불문가지(不問可知)이지요."

"새 술은 새 부대에 담는다는 말처럼 계열사 사장이며 임원을 대거 교체하는 건 당연하겠지요."

"그룹 분위기를 쇄신시키기 위해서 현재 사장 이상 임원은 반 이상 물러나고 발탁 인사로 그 자리로 채울 예정이라는 소문이 파다합니다."

"나이 든 사람들도 나름대로 써먹을 데가 있는데 걸핏하면 쫓겨나니 참 애석한 일이구먼."

오 상무는 아무리 적자를 냈다고 해도 회사에 평생 몸 바친 사람을 하루아침에 거리로 내모는 건 결코 바람직한 일은 아니라고 생각했다. 기업의 최종 목적은 이익을 내서 국가와 사회에 공헌하는 것이지만, 그 조직에 몸담은 사람들도 소중하게 여기는 게 이상적이라는 생각은 지금도 변함이 없었다.

노조 위원장은 자리에서 일어나려고 하다가 오 상무에게 지나가는 말처럼 한마디 툭 던졌다.

"상무님에 대한 평가가 아주 좋아서 중책을 맡을 가능성이 크다는 풍문이 떠돌던데요?"

"그게 무슨 이야기요? 높은 사람들한테 눈 밖에 나서 쫓겨나는 건 시간문제인데."

"상무님이 쫓겨나면 제 손가락에 장을 지지겠습니다."

"노조 위원장, 언제 앞일을 척척 내다보는 예언가가 되었소?"

오 상무는 노조 위원장이 주제넘은 발언을 함부로 내뱉어 불쾌했다. 오 상무는 말조심하라고 쏘아붙이려다가 참았다.

"인사란 뚜껑을 열어보기 전에는 아무도 몰라요."

"상무님, 입을 함부로 놀려서 죄송합니다."

노조 위원장은 능청스럽게 사과하고는 공장장 방에서 으스대며 걸어나갔다.

오 상무는 노조 위원장이 나간 뒤 그룹 총수가 바뀌든 말든 인사 태풍이 불든 말든 회사를 떠나기 전까지는 맡은 일은 챙기기로 하였다.

오 상무는 1인당 생산성이 얼마나 향상되었는지 부임 초기와 현재의 비교치를 확인하고 싶었다.

오 상무는 생산부장에게 생산성 통계 자료를 가져오라고 지시했다. 자료를 보니 공장 전체 인원은 10%가 줄었는데 생산성은 15%밖에 늘지 않았다. 인원이 줄어든 걸 상쇄하면 5%밖에 생산성이 늘지 않았다. 오 상무는 1인당 생산성이 5%밖에 늘지 않은 원인이 궁금했다.

"생산성이 향상되지 않은 원인이 뭡니까?"

"글쎄요."

생산부장은 고개만 갸웃거릴 뿐 원인을 밝히지 못했다. 오 상무는 자료를 살펴보다가 다시 물었다.

"혹시 지난해 수해로 설비 가동률이 떨어진 거 아니오?"

"매년 여름휴가를 전후해서 그 정도는 공장 가동을 멈추었습니다. 수해 때문에 가동률이 떨어진 건 아닙니다."

오 상무는 잠시 생각에 잠겼다가 생산부장에게 다시 물었다.

"그렇다면 생산 설비 가동률이 낮은 거 아니오?"

"제가 보기에도 그런 거 같습니다. 현재의 설비는 20년 이상 된 기계가 대부분입니다. 그래서 고장이 잦아 생산을 중단하는 경우가 자주 발생한 건 사실입니다."

"음. 그랬구먼. 하기야 그동안 적자에 허덕여 왔으니 낡은 설비를 교체할 엄두도 못 냈겠지."

오 상무는 원인을 찾아냈다는 듯이 고개를 끄덕였다. 설비 가동률을 올릴 방안을 찾아보라고 지시했다.

"요새 일부 대기업에서 생산 설비를 최적화하기 위해서 TPM (TOTAL PRODUCTIVITY MANAGEMENT) 활동을 펼친다고 합니다. 생산부장도 그 기법을 공부해 보지요."

"저도 그 기법에 대해서 관심이 많아 지금 자료를 모으는 중입니다."

"그러지 말고 생산 설비 관리 실무책임자인 공무과장 보고 교육을 받고 오라고 하세요."

"요새 ISO 인증 준비하느라 눈코 뜰 새 없이 바쁜데 나중에 갔다 오라고 하면 어떨까요?"

"직물공장도 TPM을 일찍 도입했으면 좋았을 텐데 늦은 감이 없지 않습니다."

"이러다가 사원들의 머리가 쪼개질지 모르겠습니다. 일상 업무 말고 수시로 추진하는 일이 하도 많아서 감당할지도 의문이고요."

"다른 회사에서는 수년 전부터 오늘의 위기 상황을 예견하고 차근차근 대비해왔습니다. 직물공장은 그동안 적당히 시간만 때우고 편하게 지내왔잖습니까? 그러다 보니 지금 그 대가를 톡톡히 치르는 겁니다. 흥진비래(興盡悲來)요 고진감래(苦盡甘來)라는 격언처럼 말이오. 다 아는 사실이지만 세상에는 공짜란 없습니다. 게으름을 피우면 뒤처지고 부지런하면 남보다 앞서갑니다."

"상무님 지적이 틀리지 않습니다. 우리가 안일한 태도로 현실에 안주했던 건 부인할 수 없는 사실입니다."

"늦었다고 한탄하지 말고 지금부터라도 박차를 가하면 일류 공장으로 도약이 가능합니다."

"하여튼 상무님한테 배울 게 너무 많습니다."

"생산부장, 고맙소."

오 상무는 입가에 웃음을 흘리며 밝은 표정을 지었다. 직물공장에 처음 부임해왔을 때와 비교하면 부장들의 사고방식과 일하는 태도가 많이 달라져 흐뭇하였다.

생산부장은 '지구가 멸망해도 한 그루의 나무를 심겠다'라는 마음가짐으로 끝까지 자기 맡은 일에 열과 성을 다하는 오 상무가 한없이 존경스러웠다.

며칠 뒤 오 상무는 비서실에서 신임 회장 취임식에 참석하라는 연락을 받고 본사에 다녀왔다. 오 상무는 공장에 오자마자 전 사원들을 강당에 모여 놓고 이임 인사 겸 몇 가지 당부의 말을 했다.

"여러분! 며칠 전에 그룹 회장이 새로 취임하셨습니다. 그분은 전 회장님과 달리 외국에서 공부를 많이 하고 오신 분이라 경영 스타일이 아주 다르다고 합니다. 전 회장님은 비교적 독선적이면서도 온정주의적인 면이 많았지만, 신임 회장님은 철저한 능력주의에 실적 위주의 경영을 펼칠 계획입니다.

그래서 혁명적인 구조조정이 뒤따를 전망입니다. 그룹의 계열사 중에서 계속 적자를 내거나 전망이 불투명한 업종은 과감히 정리할 가능성이 큽니다. 여러분들은 혁신에 더욱 박차를 가해야 합니다. 그렇다고 여러분들은 미리 겁을 먹거나 불안에 떨 필요는 없습니다.

지금까지 해 왔듯이 불사조의 정신으로 가슴에 희망의 불꽃을 간직한 채 열과 성을 다하면 분명히 직물공장에 서광이 비칠 겁니다.

다시 강조하는데 하늘은 스스로 돕는 자를 돕는다는 말처럼 여러분의 눈물과 땀은 절대 헛되지 않을 것입니다.

부디! 여러분의 가정에도 행운이 함께 하길 진심으로 기원하면서 이것으로 이임 인사말을 대신하겠습니다. 공장장으로 일하는 동안 여러분 덕분에 참으로 행복했습니다."

오인강 상무가 인사말을 마치자 사원들은 갑자기 웅성거렸다. 공장장으로 돌아오는 줄 알았는데 이임 인사말이라니, 도대체 이게 무슨 일이야?????

그때 지원부 여사원이 부리나케 달려와 공문서 한 장을 사회자인 지원부장에게 건네주었다. 지원부장은 공문서를 훑어보고는 마이크를 잡고 떨리는 목소리로 외쳤다.

"여러분! 그룹 비서실에서 방금 긴급 인사 명령이 내려왔습니다."

상무이사 오인강　　면 : 성하직물 공장장

　　　　　　　　　임 : 부사장

　　　　　　　　　보 : 주식회사 성하직물 법인 설립위원장

　지원부장이 인사 명령을 발표하자 전 사원들은 강당이 떠나가게 손뼉을 쳤다. 그들은 일제히 자리에서 일어나 얼싸안고 덩실덩실 춤을 추며 함성을 내질렀다. 우리는 불사조! 영원한 불사조!